払暁
上、男装魔術師と金の騎士

戊島百花

富士見Ｌ文庫

contents

FUTSUGYOU

—— First volume ——

DANSOUMAJYUTSUSHI TO
KIN NO KISHI

人物紹介

ハルカ
魔術師。
異世界に召喚された元女子高生。
リカルド・メルツァース・ブラムディ
騎士。伯爵家の三男。
ハルカに命を救われる。
アルフ
リカルドが雇った
ハルカの護衛。
イラスト／鈴ノ助

グラハム・エイガーベル
リカルドの友人の騎士。
公爵家の子息。
ライダール・レイス
「ヘダリオンの英雄」に憧れて
魔術師を目指している。
セラフィーナ・ドレアグム・ソールズパラ
伯爵令嬢。
花のように美しい少女。

世界は一転する。
瞬きのうちに、予断も許さず。
何もかもが変わるということを。
常識というものの儚(はかな)さを。
私はかつて思い知った。

序

「火線部隊、放てっ!!」

小隊長の声と共に、砦の屋上から魔術師が一斉に炎の魔術を放つ。目映ゆい光が薙ぎ払うように敵兵群がる戦場に広がった。敵国ヘリオットの兵達は炎を恐れて少し後退したが、どうせすぐに押し寄せてくるだろう。

「やってらんねぇなあ」

隣の壮年の魔術師が私にだけ聞こえる声で言ったのに対し、私も同じような小声で返した。

「でも、この砦が守れれば遠征して来ている敵は大きく消耗するはずです。頑張りましょう」

「なんだ、あんたは逃げなかったくちか」

驚いた表情で言われたが、無理もない。一定以上の技量のある魔術師は容姿などたやすく変えて逃げられるので、戦地に来ているのは下級の魔術師が多かった。だが、国への帰属意識で参加している私のような上級魔術師もなかにはいる。

「行く当てが、ローライツの他にないんですよ」

そう言うと隣の魔術師は興味もなくなったようで「そうか」と呟いて、眼下の戦場へと視線を戻した。

遥と名付けてくれた親がいた世界から、今私が立つこの世界へやってきたのは、女子高生と呼ばれる存在だった約六年前だ。


世界が変わって茫然とする私の目の前に、同じように戸惑う老人の姿があった。地面に描かれた目眩がするほどの緻密な魔法陣と老人の着ているローブから、老人が魔術師だというのは半信半疑ながら判断できた。その老魔術師は私に言葉を教え、理解できるようになった頃に這いつくばり謝罪しながら言った。

「すまない。魔術の誤発動だった。元の世界に帰してやることはできない」

陣を作った本人にそう言われてしまえば、それ以上どうしようもない。

仕方なく辺境に住むその老魔術師を師と仰ぎ、生活のために魔術の道に進むことを選んだ。しかし、出会った時から十分に老人だった師、アロルドと共に過ごせた時間はほんのわずかでしかなかった。

ある朝、山間(やまあい)の冷えた空気の中でベッドから起き上がらない老人に気づいた。複雑な心境で間近で見た死に顔は、少し眉(まゆ)を寄せて安らかではなかった。

「私を置いていくんですね」

返事はなかった。

住んでいた村で小さな葬儀を行い、亡骸(なきがら)は私が森に埋めた。村人は毛色の変わった私を拒絶せず受け入れてくれた。ならば村の一員としてひっそりと暮らしていこうと、師と暮らした村はずれの家で一人生きていこうと思っていたのだが。

全くどうして、自分が戦場にいる羽目になったのか、今でも首を傾(かし)げるばかりである。

魔術師は戦況が悪化した場合特殊技能者として、強制的に出征しなければならないなど、軍人が家を訪ねてくるまで夢にも思わなかった。

さらに何よりも不安に感じたのは、軍人が私を見た時の失望の色であった。

「女か。……どこの血が混じっている？」

この時尋ねた軍人は、魔術師が性別を変えられることを、多くの一般人と同じように知らなかったのだろう。そして私は自分の黒髪が、色素の薄いこの国の人々から明らかに浮いていることを自覚したのである。魔術師であるからには一般人よりは強いのだが、女性である以上侮られることも決して少なくはないのだった。

仕方なく戦地に向かうことにはしたが、せめて少しでも目立たないよう、魔術を用いて男性に化けてから出立した。この国でよく見る鳶色の髪と目にし、少年の姿になる。

そうして今現在、かつて平和な女子高生であったはずの私は、戦禍の直中に立っていた。銃などない、剣と鎧と魔術の世界。元の世界と武器は違えど、戦場の血腥さに変わりはなく、肉のついていた亡骸が翌日には鼠に食われて骨になっている生々しい現実と向き合わねばならなかった。

そもそも戦争の始まりは主食の小麦の交易に関する些細なことだったらしい。

きっかけは些事だったにせよ、虎視眈々と領土拡大を狙っていた相手国との交渉は難航し結局開戦となってしまった。元より話し合いに応じる気はなかったのだろう。敵兵は国境に広がる樹海にも怯まず、遠路はるばる攻め込んできた。

現在前線となっているのは小高い丘の上の砦である。砦の前には樹海が広がり、その木々の間からさざ波のように敵兵が押し寄せてくる。それに向けて他の魔術師と共に一斉に攻撃魔術を放つのが私の主な任務だった。前線の中では死亡率が低いと言われていたが、戦場で生存が約束されることなどない。

薄暗くなってきた空の下で、蠢く人影が見えた。恐れを知らず向かってくる様子は間違いなく敵兵である。

「放てっ！」

『はっ！』

小隊長の声に答える仲間の声が重なった。他の魔術師達に紛れ、私も駒として合図と共に下級の攻撃魔術と防御魔術を唱える。魔術は師から弟子に伝えるのみで、学校のようなところで基礎を教えることはない。おかげで集団で統率のとれた魔術を使用したい時は、このように下級か簡易の中級魔術で足並みを揃えるのだった。大方、不得意な分野でもこの水準であれば誰でも使える。

今現在我が国の戦況は芳しくなく、砦の存在によって持ちこたえているのが現状である。優に一週間以上膠着状態が続き、一進一退を繰り返している。

先の見えない戦況に魔力を温存していた味方の中には、次第に精神的に追いつめられて無駄に派手な魔術を放つ輩も現れ始めた。戦場では待つ、という簡単なことも非常に忍耐を必要とする。私も無駄な魔力を使わないように最低限の魔術で応戦するが、敵兵の姿が遠くに見えるだけで過剰反応しそうになるのを抑えることに苦労した。

夕暮れはあっという間に夜へと様変わりし、虫の声が響いてくる。しかし日が落ちても安眠できるわけではない。何時間かごとに交代で見張りをしなくてはならなかった。

　昼夜の別なく緊張状態を強いられ、いつまでもこの状態が続きそうな感覚に陥った時、突然轟音（ごうおん）が鳴り響いた。

「敵襲！　敵襲‼　南門内側で地下から敵襲‼」

　見張りの声が状況を知らせる。

　屋上にいたので慌てて砦内部を見下ろすと、自分のいる場所のすぐ下に大穴が出現し、次々と敵兵を吐き出しているのが見えた。

　誰もが顔色を青くした。

　今まで膠着状態を保っていたのは砦があればこそである。それをまさかこのような形で崩されるとは。

　暗い夜に呼び子の音が響き渡り、急襲を知らせる。

「狼狽（うろた）えるな！　迎撃せよ！」

　魔術師部隊を率いる小隊長が応戦を命じるが、余りにも穴が部隊に近かったためすぐに混戦状態となってしまった。

　不幸中の幸いか、魔力は温存していたので魔術師達は思い思いに得意な魔術を放ち応戦する。魔術師部隊と隣り合っていた一般兵部隊も、穴からの侵入を防ごうと弓と剣をもって奮戦した。

しかし予想もつかなかった奇襲に、味方は次々と倒れていく。

正に戦場は地獄絵図と化していった。

「オオおぉォオオおおお！」

怒声が飛び交い、私も向かってきた敵兵に攻撃魔術を放つ。何人かの命を刈り取った。

どうにかして大穴から出てくる敵兵を防がなければならない。周囲の味方と共に階段を下りて穴のすぐ傍(そば)の地上に立つ。

剣を避け、必死で自分の命を守っているうちに、気づけば周囲に立っている味方の姿が見あたらない。皆、地に伏せて動かなくなっていた。

地上に出てきた敵兵達が砦を蹂躙(じゅうりん)しようと広がっていく様子が見える。そのうえ大穴からはまだまだ多くの兵士が第一陣に続いて地上に上がってこようとしていた。

「畜生！」

叫ぶ。けれど罵声(ばせい)すら、誰にも届かない。

こんな誰にも知られない場所で自分は死ぬのか。

どうせ私を殺すなら、この世界に来た時に殺せばよかったのだ！

世界か神か、誰かを呪う。

迫りくる死を前に、亡くなった師の言葉が蘇った。

――魔術というものは想像することが基本である。魔力をいかに持っていたとしても、克明な想像が頭になければ大きく魔力を削られるだろう――

では、逆に想像が明確にできていればどうなるか。

答えは簡単だ。わずかな魔力で莫大な影響を及ぼすことが可能である。

私の周りには、もはや味方はいない。今から行うことはかつての世界の理である。

生きるか死ぬか、さて。

想像する。私の魔力が微細な粒子となり、周囲に飛散していく様を。巻き上げられた粉のように、風に紛れて広がっていく。それらの粒子は可燃性の魔力である。

大きく大きく膨れ上がったところで、私は小さな電撃を作った。

次の瞬間、巨大な爆発が周囲を飲み込んだ。

爆風に吹き飛ばされ、背中を強打する。

爆発の瞬間瞼を閉じてはいたが、それでも目が眩んだ。

聴覚も異常をきたしているらしい。空耳の電子音以外、何も聞こえなかった。

それでもしばらく耐えていると、目と耳が元通りになってくる。ようやく目に映った光景は、私がもたらした静寂だった。

「はは……皆、死んだのか」

あれだけいた敵兵が、巨大な爆発に巻き込まれて死んでいる。

敵兵を吐き出していた穴は、瓦礫（がれき）で完全に埋まっていた。あの中にはさらに多くの死者がいることだろう。私達を殺すべく掘り進めてきた穴が、そのまま自分達の墓穴となったのである。

元の世界で粉塵（ふんじん）爆発と呼ばれたそれは、魔術の神秘と重なって恐ろしい武器となった。周囲がこれだけ死んでいても自分が生き残ったのは、爆風に耐えるために圧縮した空気の結界を張ったからだ。

その私ですら、どうやら肋骨（ろっこつ）を何本か折ったらしい。精神が高揚しているからか痛みは感じなかった。

緩慢な動作で体を動かして、爆発の中心地から遠ざかる。遠ざかるにつれて敵兵の姿は見えなくなった。代わりに呻（うめ）き声を上げて体を痛みに震わせる味方の負傷兵と、爆発に巻き込まれずに済んだ一般兵の姿が見えてきた。

彼らが生きていてくれたことに安堵（あんど）する。

私は近くにいた、呻き声を上げる青年兵の傍に膝（ひざ）をついた。彼が苦しげに押さえている腹に視線を移すと、折れた剣が深々と彼を貫いていた。

人体の内部構造を必死に思い出す。医者などという気のきいた人間は後方にしか存在しない。医療部隊が来るまで彼の命をもたせるのは、前線にいる私達しかいなかった。

覚悟を決めて想像する。

細胞が分裂し、傷を覆う。背中から順に再生再生再生再生。

腹まで再生すると同時に、剣を引き抜いた。出血の量を抑えながら傷ついた組織を修復する。大雑把ながらひとまず応急処置を終えた。

いくら元の世界で医療技術が進んでいたとはいえ、高校生までの知識しかない。曖昧な部分は魔力で補った。

一人治療しただけで石を背負ったような疲労感があったが、構わず次の負傷兵の治療にとりかかる。

腕がない者には血管が収縮する想像をして出血を抑える。骨を風の刃で滑らかに削ると、皮膚を再生して断面を覆う。抗生物質の代わりに、免疫機能を上げる想像をしたが、結果が分かるのは後のことである。

休む間もなく次に移った。今度は敵兵の魔術によって火傷を負わされた兵だ。大気から綺麗な水を集めて表面を洗う。皮膚の再生を終えると、脱水症状にならないよう水を飲ませて横たわらせた。

次は裂傷を負った兵。次は矢を射られた兵。

次は、次は、次は、……。

この世界ではどの人間にも血液と同じように魔力が巡る。生命維持に必要な人体の仕組みの一つである。そして魔力が過剰に余っていることこそが魔術師の絶対条件であった。

しかし、今の自分はその過剰分の魔力を使いきってしまった。これ以上は明らかに命の危険があることを承知で魔力を絞り出す。

数えきれない兵を癒し続けた。自分の起こした惨劇をあがなうかのように。

ふらつく体に鞭打ち、瓦礫の傍に座り込む一人の青年に歩み寄る。どうやら纏う鎧と格好から見て階級が上のようだ。

目についた人間を片っ端から治療をしていたので、足下にも及びそうにない階級の兵士もこれが初めてではない。同じように治療を施そうと鎧に手をかける。剝ぐと肩から大きく脇腹まで裂けていた。戦斧のようなもので力任せに鎧ごと斬られたような傷だった。

治癒の魔術をかけようとする私の手を、誰かの手が押しとどめた。

「私は……いい……。他の者を……」

大きな切り傷を負った青年自身の手だった。

「あなたは既に多くの血を失っています。後には回せません」

座り込む地面にも血が滴っている。予断を許さない状況だ。それに青年より重傷な者は、既に命を落としていた。それでも青年はなおも私の手を拒む。

「私は……もう、いい」

覗き込んだ瞳に諦めの色しかないことに気づいた。

生に希望を持たない、塗りつぶされた絶望の青。

今までの誰とも違うその目を見て、悟った。

「死を望むのか」

この青年は、死に場所を求めて戦場に来たのだ。

その無表情な顔に、無性に腹が立った。八つ当たりのように苛立った。

何故私が大勢の人を殺し、味方の兵を助けなければいけないのか。

何故戦場に立たされているのか。生まれた国でもないこの場所で。

今の状態全てが気に食わない。一人満足げなこの青年も気に食わない。精神、肉体共に限界などとうに超えていた。

「ふざけるなよ」

気づけば感情のままに、言葉が口をついて出ていた。階級の差など今の私に考える余裕はない。

「ここで死んでいい奴は、勝つために戦った奴か、守るために戦った奴だけだ。お前みたいな負け犬が死ぬ場所ではない!!」

私ですら亡き師が愛したこの国をわずかに思う気持ちがあるから、逃げ出さずにこの戦場に来たのである。国を守ろうとして散っていった英雄達が、ただの自殺志願者と同じ扱いでは余りに報われない。

青年は私の口調に驚いたのか、目を見開いた。彼の青い目にわずかに光が生じる。

「ここまで言われてまだ死にたいのなら、賭でもするか？　私が死んだら、家に帰って自殺でも何でも好きにしろ。だが私が生き延びたら、お前の捨てた一生を私が拾ってやる。私のために生きて私のために死ね」

どちらにせよ、今ここでは死なせない。青年は食い入るように私を見た。その脳裏にどんな感情が渦巻いていたのか分からない。けれどもしばらくして、眉を寄せて言った。

「それは私が死んだら、の間違いでは？」

「阿呆、私が治すんだ。お前は死なないさ」

どうやら私は彼の目に、健康な人間に見えるらしい。実際は魔力の枯渇で立つことすらできない状態だったが、外傷がないので傍目には分からないのだろう。

無抵抗になった彼を震える手で治療する。絞り出された命の魔力に心臓が悲鳴を上げた。

それでも無理矢理彼の傷を塞ぐと、終わる頃には足に力が入らず倒れてしまった。

体勢を立て直すための腕の力も、全く入らない。

「おい、大丈夫か」

これで大丈夫に見えたら、お前の目は相当狂っている。

軽口を返す声さえ出せなかった。感じる自分の命の小ささに、吹き込むような死を感じた。

本当に死んでしまいそうだ。全く。

「誰か！　誰か彼を!!」

取り乱す青年の声。諦めしかなかった彼に豊かな感情を見いだし、酷く気分がいいまま私の意識は闇に溶けていった。

＊

頭が重い。徹夜明けのような鈍い重さだ。どうやら私はどこかに寝かされているらしい。

被せられた上掛けの重さと、快適な背中の弾力から砦ではないと判断する。目映ゆい光に眩(くら)みながら目を開けば、私は狭い一室で簡素なベッドの上に寝かせられていた。

ここはどこだろう。少なくとも、捕虜ではない待遇だ。ベッドからは窓が遠くて外が見えない。

体を起こそうと腹に力を込めたが、鉛の体は頑として動かなかった。ならば寝返りを打ってベッドから抜け出そうと考えた。

しかし、腕も持ち上がらないことに気づき諦めざるを得なかった。魔力を過剰消費した影響だろうか。

身動きがとれないので、大人しくその状態でじっと誰かの訪れを待っていると、半刻(はんとき)ほどが過ぎてから妙齢の女性が扉を開いて現れた。かすれた声でここがどこなのか聞く。答えはすぐに返ってきた。動きやすい作業服に身を包んだ彼女は、私の元いた世界でいう看護師のような仕事に就いていると言う。

ここは国境のヘダリオン樹海よりも少しローライツ側に入り込んだところにある中規模都市マディアの病院であるらしい。野戦病院よりも上級の軍病院である。私のような身寄りもコネもない、ただの魔術師が入れる場所ではなかった。

誰の計らいだ。

聞いてみたものの、私の体がまだ眠りを必要なのを見越してさっさと寝かしつけられてしまった。悔しいが、彼女の言う通り瞼を閉じればすぐに眠気にさらわれた。

*

次に起きた時には医者が私の状態について説明してくれた。魔力の放出を支える全身の魔力孔が、焼き切れているらしい。エネルギーが上手く回らず、今は全身が脱力状態に陥っているという。

魔力を扱えるまでには時間がかかるだろうし、もしかしたら元通りには扱えない可能性もある。しかも、体自体も一部力が入らなくなったり免疫力の低下などの後遺症が出る可能性も否定できない。回復の時間と程度は個人差があるため明言できないと言われてしまった。

曖昧ではあったが、下手に治ると断言されるより信頼できる診断だった。魔力が制限されてしまい魔術師としての将来に不安があるが、命を落とすところだったことを考えると助かっただけマシである。

軍に籍を置いている者は優先して病院にいられるので、ベッドから追い出されることは考えなくていいそうだ。戦場で負った傷病は治療費も国持ちである。

そこまで聞いて私の未来が、路上に投げ出されるような最悪の状態ではないと安堵した。

とりあえず生活は成り立ちそうだ。心に少しの落ち着きを取り戻す。

戦況についても聞きたかったのだが、医者は慌ただしく出て行ってしまった。見たわけではないがおそらく外には傷病兵が溢れているのだろうし、医者を非難する気は起きなかった。

次に来た看護師にでも聞こうと考えていたが、弱った体はすぐに眠りに誘われる。無理に起きて体を痛めつけるのも本意ではない。

仕方なくその誘いを受け入れた。

＊

寝たきりの生活はしばらく続いた。段々と長く起きていられるようにはなったものの、せっかく起きても体は動かせず暇なだけである。戦場での喧騒が嘘のような静けさだった。

実は未だに私の体は戦場にあって、死までのわずかな時間に見るという幻の中にいるのかもしれない。

夢のような現実の代わりに、眠れば過去の夢を見た。

隣にいた戦友が次の瞬間には頭をなくして倒れている。少年の形をとる私を馬鹿にすることもなく接してくれた、優しい人だった。場面は定まらず、気まぐれに変わる。次には私の放った赤い凶弾が、獣を狩るように人を屠った。水風船のように弾けて人影は動かなくなった。最後はいつも決まってあの情景。爆風と轟音と衝撃と、死者ばかりのあの……。

扉を叩く音で目が覚めた。冷や汗を流しながら、今も少年の姿の自分が病院にいることに気づく。気づかないうちに昼の日差しでうたた寝していたらしい。

頭だけ動かして視線を向けると、看護師が「起きていたのですね」と声をかけてきた。

「面会の方がいらっしゃっています」

会うか会わないか選択を求められた。名前を聞いたが、聞き覚えはない。こんな場所で私を見舞ってくれる人がいただろうかと考えたが、思い当たらない。そもそも私は人付き合いの良い人間ではない。

追い返すわけにもいかず、誰か分からないまま許可を出した。

「失礼します！」

張りのある声で入室してきたのは若い軍服の男性だった。濃い茶色の髪の、愛嬌のある顔をした青年である。緊張した顔で軍人らしい機敏さを見せながら、鮮やかな敬礼をした。

「青鷺（あおさぎ）師団グルッツ連隊第二歩兵部隊のバスカ・マルグです！　面会を受け入れて下さり、身に余る光栄であります！」

「ご丁寧にありがとうございます。黒鷹（くろたか）師団ガルキーム連隊魔術兵部隊のハルカ・グラークです。返礼をしたいのですが、体が動かず申しわけございません」

　型通りに返すと、マルグ殿は顔を青くして恐縮した。魔術師はなり手の少ない専門職のため、階級は一般兵より上の位をいただいている。しかし上官といっても、そこまで大きな差でもない。何故これほど恐縮されるのか不思議に思いながら彼を見た。

「とんでもございません、どうか楽になさって下さい」

「それではお言葉に甘えさせていただきます。それで……どのようなご用件でしょうか？」

「はっ！」

　彼は背を改めて反らすと、帽子を取って最敬礼で私に頭を下げた。何事かと思う間もなく彼の言葉が耳に届く。

「グラーク様には先の戦場にて、命を拾っていただきました。命の恩人がこの病院にて治療を受けていると聞き、いてもいられず面会に伺った次第であります」

そこで頭を下げたまま、深く息を吸いなおした。

「私が今こうして生きているのは、偏(ひとえ)にグラーク様のおかげであります。どうかお礼を述べさせていただきたく思います。……ありがとうございました」

純粋な言葉が胸に響いた。

私は、この人の命を助けることができたのか。

よかった。本当によかった。

戦場での私の行いは破壊だけではなかったのだ。地獄のようなあの場所で、存在したのは死だけではなかったと。

「私こそ、ありがとうございます。どうか顔を上げて下さい。貴方(あなた)がそうして生きていてくれたことが、私にはとても嬉(うれ)しい」

顔を綻(ほころ)ばせてそう彼に言った。しかし再び頭を上げてみせたマルグ殿の目は、涙に濡(ぬ)れていた。

「グラーク様は体も動かせないというのに、命を救われた私はこうして立って歩いている。申しわけなさに、身を切られるような痛みを感じるのです」

ああ！　貴方のような方を助けられたことこそ、光栄です。

「いいえ。……いいえマルグ殿。これは戦場に出る時から覚悟していたことなのです。こうなるかもしれないと知っていて実行したのです。貴方が気に病むことではありません」

彼はその言葉を聞くと涙で濡れた頬を袖で拭き、強い光を目に宿した。

「他でもないグラーク様が仰るなら、私如きが口に出すことではございません。けれども覚えていて下さい。私は生涯このご恩を忘れはいたしません。グラーク様の手が足りぬ時、私をお呼び下さればどこへなりと馳せ参じましょう」

重々しい宣言である。私は彼の言葉を聞きながらも全てを受け入れることはせず、一線を引いた気持ちで頷いた。

「分かりました。けれども今の言葉に囚われる必要はないことも伝えておきましょう。貴方の人生は、貴方のものなのですから」

彼はゆっくりと瞬きし、噛みしめるように頷いた。

「はい」

それから彼にいくらか戦況について教えてもらった。地下通路作戦を制したことで今はローライツ国側が優位な状態にあるらしい。上層部はこの好機を逃さず停戦に持ち込むとの噂が流れているとのことだった。

そんな話をしていると、看護師が定期的な検査をするために部屋に入ってくる。ちょうど話も区切りがついて、あまり長居しても体に良くないだろうと謙虚な姿勢でマルグ殿は一礼する。

「お早い回復を祈っております」

「貴方もお元気で」

私は名残惜しそうに去っていく背中を温かい気持ちで見送った。

＊

それからしばらく、数日置きに面会人が現れた。全て私が手当てをした兵達である。当時は無我夢中で治療にあたっていたためどれほどの人数か覚えていないが、この頻度だとどうやら想像していたよりも多いようだ。

マルグ殿ほどではないにしろ、誰もが真摯な態度で礼を尽くしていく。ありがたいことだった。

今日も同じように面会人が現れたと伝えられ、いつもと同じく寝たきりではあるもののせめて表情だけは引き締めて迎える準備をする。

「失礼します」

聞こえたのは成熟した低い声だ。一人の男性が扉を開けて入ってくる。

その姿に、私は驚かされた。

太陽の光に輝く金糸の髪と、晴天を映した青い瞳(ひとみ)。彫刻よりも整った顔に、彼のためにあるような純白を基調とした騎士用の儀礼服。腰には実用性を妨げない範囲で美しい装飾の施された、一振りの剣が差してある。絵に描いたよりもそれらしい、一目で分かる騎士だった。二十代後半ぐらいだろうか。

騎士の位は貴族階級に組み込まれているが、同時に軍部のエリートでもある。王族に連なる高貴な方々の護衛だけでなく、戦時においては華々しく指揮も行う。しがない一魔術師の私にとって、殿上人だった。

引き締めた顔も空(むな)しく呆(ほう)けてしまった。

「ハルカ・グラーク様。私はリカルド・メルツァース・ブラムディと申します」

優雅極まりない一礼を目の前で披露された。おそらく貴族式だと思われるが、流れるような所作は洗練されていた。

あまり表情を崩し続けるのも失礼かとせめて表の動揺を隠したが、内心は大嵐の直中(ただなか)にいる。

何故(なぜ)このような高貴な方が私に会いに来るのだ。

戦場での基礎知識として失礼がないように貴族の名前を覚えさせられていたのを思い出

し、記憶を呼び起こして言った。

「失礼ですがブラムディと仰いますと、伯爵家の方でしょうか？」

「はい。父は伯爵の位をいただいております。私自身は三男ですし、軍に在籍しているので騎士の位でございます。当家のことをご存じとは光栄です」

天に祝福された顔が綻ぶ。それだけで部屋の中が、花が咲き乱れたかのような鮮やかさに包まれた。美人は、微笑み(ほほえ)だけで人を幸福な気持ちにさせてくれるらしい。

目の保養とはこのことか。

「それで、ブラムディ卿(きょう)は一体どのようなご用件でしょう。私のような身に、何かできるとは思えませんが」

困惑を滲(にじ)ませた声で問うと、彼は首を横に振る。

「いいえグラーク様。他の何人にもできないことを貴方は成し遂げられました。お忘れでしょうか、私の命を助けて下さったことを」

ブラムディ卿の顔を見る。私が手当てした兵士の中に、いただろうか。正常な精神状態ではなかったので、見逃した可能性は十分ある。しかし、これだけ整った顔であれば覚えていそうなものだった。

首を傾(かし)げる私に、ブラムディ卿は残念な表情を浮かべた。

「覚えておられないようですね。……仕方ありません、グラーク様は死の淵にいらっしゃった」

倒れる寸前に手当てした者達の誰かだろうか。

ブラムディ卿は遠い目をした後、その時のことを思い出したのか熱のこもった目で私を見つめた。

「貴方様は戦場に毅然として在り、死を望むばかりの愚かな私を叱咤激励して導いて下さった。あれほどまでに心を揺さぶられたことはありません」

叱咤した覚えがあるのは一人しかいない。

まさか。いや、顔はどうだっただろう。

土と煤にまみれて、くすんでいたためよく分からなかった気がする。冷や汗が背中を伝った。

「グラーク様の瞳の奥に、私は生を見いだしたのです。貴方様が目の前でお倒れになった時は心臓が止まるかと思いました。その後到着した援軍に、治療を任せたのは私でございます」

間違いない。私が最後に八つ当たりした青年である。とんでもないことをしてしまった。

伯爵家の三男坊に罵声を浴びせたとは。牢屋に入れられるかもしれない。いや、曲がりなりにも命の恩人なので免れることはできるだろうか。

　待て待て。冷静になれ。

　今のところブラムディィ卿は好意的な態度である。下手に騒いで勘気にふれるより、相手の出方を見るべきだ。

「……思い出しましたブラムディィ卿。傷の具合はいかがでしょうか」

　私が思い出したと告げると顔を輝かせた。この態度を素直に信じるなら報復目的ではなさそうだ。しかし海千山千の貴族様である。まだ疑いは晴れない。

「血を止めていただきましたし、後で癒術者に治療させたので支障はありません」

「それはよかった」

　この拙なる私にも人様の助けが少しでもできたなら、社会にいていいのだと言われた気がする。思わず頬を緩めると、何故か顔を凝視されてしまった。

　そんなに変な顔をしていただろうか。

　しばらく無言のままブラムディィ卿は私を見ていたが、私が戸惑いながら見返していることに気づき小さく咳払い（せきばら）をした。

　そしてベッドの傍（そば）に片膝（かたひざ）をついて、視線の高さを同じにする。目線を合わせる以上の他意はないのだろうが、おとぎ話の姫にでもなった気分だ。

騎士様に膝をつかせるわけにはいかないので立っていて欲しいと懇願しようとしたが、ブラムディィ卿の言葉に遮られた。

「賭は成立し、グラーク様は勝者となりました。運命の神に祝福された方よ。どうか証をお受け取り下さい」

そう厳かに言ったブラムディィ卿は、頭を下げて騎士の礼をとる。間違いなく視線を合わせる姿勢ではない。騎士が主にするものである。

仰天したまま、ブラムディィ卿の言葉の意味を咀嚼する。

かけ？　かけとは何だろう。かけ書け欠け駆け賭……賭!?

今の今まで忘れていた自分の言葉が朧気に思い出される。

『私が死んだら自殺でも何でも好きにしろ。

私が生き延びたら、私のために生きて私のために死ね』

傲慢で不遜な態度が蘇った。愚かしいことだ。思い上がりも甚だしい。何ということだろう。

この青年はそれを生真面目にも実行しに来たのだ！

「受け取れません！」

ひきつった叫びが私の喉から発せられた。

「人が人を制するなど……！　私はなんと馬鹿なことを言ったのか。どうか生き延びたその命、ご自分のためにお使い下さい！」

ブラムディ卿は弾（はじ）けるように顔を上げた。険しく眉根（まゆね）を寄せた、怒りの表情がそこにはあった。

「私は言ったはず。グラーク様の瞳の奥に、生を見いだしたと。その言葉の意味を知ってなお、私を突き放すのですか」

私は誰かに全てを捧（ささ）げるほどの強い思いを抱いたことはない。ましてや一度会っただけの私にこのような真似（まね）をする彼の正気を疑った。

「時は移ろい、人は変わる。今感じていらっしゃるそれは一時の熱病のようなもの。過ぎれば全て霞（かす）むでしょう。私は一介の魔術師です。どうかお考え直し下さい」

私が言ったのは、至極まともな意見であった。けれどもブラムディ卿は愕然（がくぜん）とした後、もどかしさも露（あら）わに言い募る。

「何故分かって下さらない。私がどれだけ歓喜に満ちたか！」

言葉の通じない人間と話しているようだ。理性的な私の言葉は、彼の感情に全く届かない。

ブラムディ卿に初めて恐怖を感じた。

正気の沙汰(さた)ではない。

私の心が離れていくのが分かったのだろう、動けない私の右手をおもむろに上掛けから掴(つか)み出す。引き戻したかったが、未(いま)だに力の入らない無力な腕ではそれも不可能だった。

「騎士は貴族で最も下位にあたります。それも一代限りの儚(はかな)いもの。けれども、騎士にのみ許された特権をご存じでしょうか。今は廃れ知る人もほとんどいない、禁呪(きんじゅ)の使用が許されていることを」

そう言って艶(あで)やかに笑う。先ほどの花のようなものではない。毒めいた笑いだった。

彼の話すものに全く心当たりはなかったが、それでも嫌な予感だけはひしひしと感じられた。

「天の益荒男(ますらお)、夜の手弱女(たおやめ)。我が誓いをお聞きあれ。
眼前の鵬(おおとり)よ。汝(なんじ)が御霊(みたま)我が主と定め、幾星霜を経て違(たが)うことなし。
涙するならば我が血肉によって恥辱を雪(すす)ぐ。
汝が満ちることあれば我が本望」

「何を……！」

朗々と紡がれる音は紛れもなく呪術(じゅじゅつ)のものである。呪術は魔術とは異なり、どれも顔をしかめるような類(たぐい)のものが多い。それは魔力を使う魔術とは違い、呪術は術者の思いを媒介にするからである。そして内容の正負によらず、術者は心身に多大な負担を負う。それを逃れる術を習得するために呪術者の研鑽のほとんどが費やされるほどである。

軽々しく操るものでは決してない。

「やめて下さい！」

悲鳴も空しく、祝詞は止まらない。

「今こそ高らかに言祝ぎを。

永久なる契りを交わさん」

摑まれていた右手の指先に、電流のような痛みが走った。

噛みつかれたのだ。

ブラムディ卿は黄金の睫毛を震わせて、浮き出た血玉を感極まるとばかりに舌で舐めとった。青い目は伏せられ、美味しいはずもないのに丹念に指先に口づけてくる。

余りにも絵になる光景に、一瞬全てを忘れて見とれてしまった。私の右手であることが申しわけないほどの美しさだった。

しかし、突如として恍惚は破られる。

私の血を飲み込んだブラムディ卿の唇から、小虫のように黒々とした何かが這いだしてきたのだ。

「……っ！」

息を呑んで硬直した。よく見ると小さな虫のようなものはどうやら文字らしかった。次から次へと溢れ出て、鎖のように列を成して彼の体表を駆け巡る。

それも一つ二つではない。千や万を思わせる膨大な数に埋め尽くされ、髪の毛一筋すら元の色が分かる場所はなくなった。

すっかり黒に埋まった顔が笑う。瞳の中すら黒く染まっていた。

「これで私の思いが分かっていただけたでしょうか」

無邪気なその声と共に黒い色が溶けて消えた。後には何もなかったかのような、元の美しい顔が戻っていた。

「ブラムディ卿、一体何をしたのですか⁉」

「ご安心下さい。グラーク様の不利益になるようなことはございません。私の身に、主の名を覚えさせただけのこと」

当然のような口調に目眩を感じた。つまりこの人は、私に自分の服従を押し売りしたのである。

先ほどの文字は体に溶けて、今後もブラムディ卿を縛り続けることだろう。その量から察するに私が命じれば従わずにはいられない、最も強制力のある呪法に違いない。

「呪術の解き方は？」

「ありません。既に時の中に失われました」

それがにこやかに話す内容か。

「どうぞリカルドとお呼び下さい。私はもはや、グラーク様の従僕なのです」

「……貴方（あなた）がここまで強引な方だと知っていれば、何としてもこの部屋に入れなかったものを」

「その場合でも、入れて下さるまで何度でも足を運んだことでしょう」

毎日通う姿が容易に想像できた。結局は逃れられない運命だったのかもしれない。

私はそれはもう大きな溜息（ためいき）を吐いた。

リカルドと私の間に結ばれた強固な縁は、解くことのできないものだという。時を戻せないならば、受け入れるしかないではないか。

「リカルド、私はこのように体すら満足に動かせない状態です。下手したら一生このままかもしれません。貴方に使用人のような仕事を任せることもあるでしょう。それでも？」

「望むところです」

即答だった。彼の気持ちは今では疑いようもない。しかし、やはり問題もいくつか思い浮かぶ。どう考えても平民の主に貴族の従者では矛盾している。

第三者が色々言ってくることもあるだろう。

彼の実家はどうなのか。伯爵家にとって非常な不利益だと思われる。目障りに思われたら殺されるかもしれない。周囲には黙っているのが賢明だろう。

それだけではなく経済的な問題もある。

「貴族に給料なんて払えませんよ、私……」

「構いません。いくつか事業に手を出しております。有能な人材にそちらの方は任せてありますので、ご安心下さい」

規模が違った。余計なお世話だった。

ここまで頑固な人間に初めて会った。完敗である。

「では私のことはハルカと。グラークは師からもらった名前ですから」

「畏（かしこ）まりました、ハルカ様」

嬉（うれ）しそうに私を仰ぐ人を見て、やはり立場が逆だろうと思わずにはいられなかった。

＊

私という人間は、生まれながらにして死んだも同然だと思っていた。

恵まれた容姿、恵まれた生まれ。

人は私を祝福された選ばれた者だと感じるだろうし、事実何度もそう言われて育った。

しかし本質はまるで異なる。愛人だった母は私が幼くして死に、父には疎まれ続けた。

食事すら同席を許されず父の本妻に会えば罵倒(ばとう)される日々。これが『恵まれた』ものだとでも言うのだろうか。

使用人達の中に私に味方する者は誰一人としていなかった。助けを求めて視線を送る度にかわされるということを何度も繰り返していれば、彼らが自分を救うことなどないのだと幼くして悟った。

成長してもそれは変わらない。社交界に出る年齢になって初めて私に優しく接してくれる者が現れたが、彼らも私が父に疎まれていると気づいた時点で早々に去っていった。

余り接触はないが唯一私を拒絶していなかった兄弟達も、彼らの思い人が容姿に惹(ひ)かれて私に懸想してからは父と同じような目で見るようになってしまった。

私から彼女達に声をかけたことさえない。そんな申し開きは兄弟には届かなかった。

いよいよ居場所がなくなり、家を出るために仕方なく騎士を目指した。

家を出てからの生活は穏やかで順調であったが、心の内は冷えきっていた。

誰も私を求めない。惹かれるのはこの呪われた容姿にのみ。そんな固定観念が払拭(ふっしょく)されることはなく、広く浅く人と関わるだけの日々が続いた。しかしそれも次第に飽く。国の情勢が悪化し、ヘリオット国との戦争が始まると私は一も二もなく最前線に志願した。今が私の死に時だと感じたからだ。

しかしようやく終えられると感じた私の命は、なかなかしぶとく生きながらえる。激しさを増す戦場で、いつまでも私は戦い続けた。

転機は予想もしない方向から訪れる。

ある日突如として砦の内に現れた大穴に、とうとう敗戦と終焉を感じた。安堵をもって迎え入れたそれを、薙ぎ払う巨大な閃光。何が起こったのか分からなかった。

死を求める一方で、騎士として国のために最後まで守護の役目を果たそうと思っていたが、誰かが代わりに成してくれたのだろうと漠然と考えた。

私の身は既にその時深く傷つけられていて、死は手を伸ばしたすぐ先にあった。瓦礫に身を寄せてただその時を待った。

座り込んでいると、視界に見慣れないものが映る。少年の魔術師だった。

屈強な男達の中で一際目立つその姿を気まぐれに追っていると、彼が非常に優れた癒しの術者であると気づく。少年はふらつきながらも多くの人に治療を施し、しかもその精度は高かった。

彼は遂に周囲の者を癒し終え、私の前にやって来る。鳶色の髪と目をし、戦地にあるには少し幼すぎる容姿だったが戸惑った様子は全くなくこの環境に慣れきっているようだった。近づいた顔には酷い隈があり、疲労困憊しているのがありありと分かった。

私に向かって術を使おうとした少年の手を押しとどめる。

「私は……いい……。他の者を……」

重傷な者はもう私以外にいないようだったが、負傷者はまだ多い。

毅然とした態度で後には回せないと語る少年をさらに止めると、私の望みを悟ったのだろう。

「死を望むのか」

その通りだった。

私を睨みつける目に怒りが灯る。

「ふざけるなよ」

瞳の炎はあっという間に憤怒へと姿を変える。あどけない顔でありながら、その表情は老成した大人のもの。知らずのうちに、宿る炎の激しさに見とれていた。

「ここで死んでいい奴は、勝つために戦った奴か、守るために戦った奴だけだ」

突き刺さるような言葉が、一つ一つ心を穿つ。彼の炎の中に、生の光が垣間見えた。

これが生か。これが消えることが死だというのか。ならば私に今から訪れるのは死ではない。

ただの消滅である。

「お前みたいな負け犬が死ぬ場所ではない!!」

反論の一つも浮かばなかった。周りには屍（しかばね）が転がっていた。

それらは皆、少し前までこの少年のように炎を燃やし生きていた、その終焉の姿に相違ない。身近に感じていた骸（むくろ）にさえ、私は足下にも及ばぬ存在だったのだ。

呆然（ぼうぜん）と見つめる私に、なおも彼は言い募る。

「ここまで言われてまだ死にたいのなら、賭（かけ）でもするか？　私が死んだら、家に帰って自殺でも何でも好きにしろ。だが私が生き延びたら、お前の捨てた一生を私が拾ってやる。私のために生きて私のために死ね」

彼のために。

普段ならば相手にすることさえしない、ただの戯（ざ）れ言（ごと）である。しかし今の私にはその言葉が何よりも尊いものに感じられた。

心が沸き立つ。この光の傍（そば）にいられたら、私はどんなにか幸せだろう。

私の意味は、存在は。

彼が求めてくれるのならば……！

その瞬間、私は自分が何者であるかも忘れていた。ただのリカルドとして、平伏さんばかりに崇拝の念を抱いた。正しくそれを実行しようとした時、ふとした疑問が胸をよぎる。

「それは私が死んだら、の間違いでは？」

「阿呆、私が治すんだ。お前は死なないさ」

直前まで宿していた炎を消し、元の平凡な少年の顔になって彼は笑った。

こんな戦場にあるとも思えない、無邪気な笑みだ。こんなふうに笑える彼は、一体どんな心を持っているのだろう。

少年が私の傷を癒していく。それをふりほどく気はもはやない。

効果は劇的で、やはり優れた術者であると身をもって実感した。

しかし、治療が終わると同時に彼の体が大きく傾く。

腕をついて支えようとしているようだが、力が入らないのか倒れてしまう。

「おい、大丈夫か？」

初めて感じる焦燥を胸に、少年の顔を覗き込む。何かを言おうと口を少し動かした彼だが、そのまま動かない。

慌てて抱き上げると、その呼吸は脆弱だった。

何故今まで気づかなかったのだろう。これほど弱っていたというのに！

蠟燭の火が風に消されるように、彼の命も儚く消えようとしていた。周りに溢れる屍と同じ存在になろうとしていた。

置いていくなと強烈に願う。私はその死を目前にして、私の求めるものが彼であったのだと悟る。

「誰か！　誰か彼を！」

絶叫に近い声を上げて、治療できる者を探したが見つからない。この辺りに治療のできる者は彼しかいなかったのだ。

失意に呑まれながら腕の中で少年を抱き続けていると、近くの兵士が顔を見て叫んだ。

「こいつ……！　俺は見たんだよ！　こいつがあの爆発を作ったんだ‼」

衝撃が雷となって身を貫いた。

辺りにいた兵士も皆、目を奪われる。あれほどの巨大な魔術を行使したのがこの腕の中の頼りなげな少年だとは。

しかもその魔術の後、あれほどの人数を癒し続けたのである。歴史に名を残す大魔術師の偉業だった。

失ってはならない。何としても。

どんな宝玉よりもなお慎重にその身を包む。しばらくして援軍が来るまで、微かな心音に耳を澄ませた。

1

従者というものを持つのは当然ながら初めてのことだ。何くれとなく世話をやいてくれる彼に戸惑いを隠せない。

リカルドは正装から身軽な格好へと服装を変えていた。それでも庶民よりずっと質の良いものを着ていたし、小さめの剣を腰に差している。ただの魔術師が入院しているだけの病室にいるべき人間ではないと、誰もがすぐに気づくだろう。しかし本人はそんなことに構わず、私に付いて離れなかった。

世話をされるのは慣れていないので事あるごとに礼を述べていたが、その必要はないと穏やかに諭されてしまった。

「さあ、体に良いディアロスの実です。食べてみて下さい」

そういって皮を剝いた赤い果実を見せる。腕に力の入らない私の体を起こすと、食べやすい大きさにして口元まで運んでくれた。気分は親鳥に餌をもらう雛である。

大人しくそれを口に含むと、瑞々しさと甘さが口に広がった。

「美味しい」

「それはよかった。お気に召しましたか？」

「はい、とても」

「ならばまた取り寄せましょう」

取り寄せないと手に入らない物だったのだろうか。今気づいたが、故郷の果実にも負けない甘さである。これほど濃厚な甘みのある果実はこちらの世界で食べたことがない。怖くて値段が聞けない。

そのことは胸に押し込め、私は別の懸念をリカルドに尋ねた。

「ところでリカルド、仕事は大丈夫なのですか？　こんなに毎日来ては、負担では」

「ご安心下さい。停戦に向けて文官達が頑張ってくれておりまして。私のような騎士や兵には待機の命が出ております。何かあればすぐに赴かなくてはなりませんが、近くにいる分にはどこで待機しても変わらないでしょう」

「そうですか」

「しばらく時間はかかるでしょうが、停戦は実現しそうです。ハルカ様は心安らかにお過ごし下さい」

中枢の人間の言葉だけに信憑性は高い。手放しで喜ぶには早いだろうが、どうやら心配するようなことはなさそうだ。

安心してベッドに体を沈み込ませた。

扉の向こう側に誰かが近づく気配がし、小さくノックの音が響く。私が返事をするよりも早く、リカルドが問いかけた。

「どなたでしょうか」

看護師らしき女性の声が、体を清める清拭の時間だと簡潔に話す。寝たきりで水浴びもできない私には楽しみな時間で、顔を綻ばせた。

是非お願いしますと、彼女を迎え入れようとした時だった。

「私がいたしましょう」

私は作りかけた笑顔が微妙な形で固まるのを感じた。

今この人は何と言ったか。

そう戸惑ううちにも、黄金の髪を持つ美麗な男性が、体を拭くらしき白い布と、湯の張った桶を抱いてベッドに近寄ってくる。似合わない組み合わせだ。リカルドは私の体を拭くつもりのようだった。柄にもなく非常に焦る。

普段意識の欠片にも上らないが、私の本性は女性だ。

魔術師は往々にして性別を偽ることがあり、その事実から見た目が同性の場合であっても異性に接するような慎重さで対応する。このように肌を晒させようとするなど、言語道断であった。魔術師のあいだでは常識だが、所属している魔術兵部隊から出なければそれを感じることも少なくすっかり忘れていた。

看護師にされるなら、女性同士に違いないし彼女達の仕事であるから耐えられた。私の服を脱がそうと、襟元に手をかけたリカルドを慌てて押し止める。

「待って下さい、リカルド！」

「……どうしましたか？」

不思議そうに首を傾げながらも、彼はその手を引っ込めた。

彼とて男性の体に欲情することはないだろう。このように私が気にすることがかえって申しわけなくも思う。

手を止めて話を聞こうとしてくれたことに安堵の溜息を吐いて、尋ねた。

「貴方は、今まで魔術師が周りにいたことがないでしょう」

「その通りですが、何かご不快に思われましたか？」

不快というわけではない。非常に困るだけの話だ。戸惑いに揺れる彼に首を振る。

「いえ。そうではなく……」

もしかすると、リカルドは少年の私だからこそ仕えようと思ったのかもしれない。未来ある若者がこのように不自由な体となったことに同情したのでは。

そう思うと口を開くのに勇気が必要だった。今や彼の全ては私に逆らうことができないのだから。

その覚悟が過ちであったのなら、どれほど衝撃を受け悲観することだろう。しかし黙っているわけにもいかない。彼がそのことを悔いるのならば、この場を立ち去らせ、二度と顔を見せずにいよう。

意を決して、言葉を紡ぐ。

「私のこの姿は、魔術で偽ったものなのです」

その言葉を聞いた瞬間、リカルドは純粋な驚きの表情で青い目を大きく見開いた。人工物よりも整った顔でありながらそこに浮かぶ豊かな感情は、彼が生を持ちながら煌(きら)めく稀(まれ)なる者だと知らしめる。

同じ人として生まれながら、このように人を引きつける魅力を持つ者は本当に珍しい。

何度も繰り返し思う。私には恐れ多いことだと。

ベッドの上で動けない私は、見上げて反応を窺(うかが)う。しばらくの後、意外にもリカルドが浮かべたのは得心した表情だった。

「お若いのに落ち着かれた方だとは思っておりました」

どうやら、偽った姿に違和感を抱いていたらしい。思いの外簡単に受け入れられた。リカルドの中で、私が何者であるかは重要なことではないようだ。

それが嬉しく思えたが、だとするとますます自分のどこを見て仕えようと思ったか分からない。

「年齢をお聞きしても？」

「この姿だと若く見えるようですが、二十三です」

「そうでしたか。……ところで、それが清拭とどのように関係が？」

私はこれまで性別に頓着せず振る舞ってきた。今更女性らしく扱えと主張するのも気恥ずかしく思え、あえて遠回しな表現を使う。

「魔術師というのは姿を偽ることもある故に、過度の接触に慣れておりません。このようにされるのは……少し困ります」

断ったつもりだったが、彼は当然のように私の主張を退けた。

「私はハルカ様の僕。主の世話は僕の仕事ではありませんか」

「けれど、ここには看護師の方もいらっしゃいます。何もリカルドがしなくとも……」

「彼女達がよいならば、私がしてはならない理由もないでしょう」

「リカルドは騎士です。貴族です。病人の世話は仕事ではありません」

「騎士だからこそ、主の手となりたいのです」

主張は平行線のまま交わらない。もどかしくなった私は、ついに声を荒らげてしまった。

「少なくとも、人目のあるところではやめて下さいっ。私は貴方が従者であることを、広められたくありません！」

言ってしまってから、リカルドを傷つけるような物言いだったと気づく。若干青ざめた彼に、慌てて弁明した。

「あの別に、貴方が従者であることが嫌なわけではなく。ええ、決して。ただ何と言いますか。穏やかな生活を望むには、平民が騎士を従者にしているというのは、人々の好奇心を刺激しかねないと」

「……畏(かしこ)まりました」

肌に血の気が戻っていたので、伝わったとは思う。

けれども、看護師を呼び戻しに行ったその背中は哀愁漂うものだった。

＊

どうやら本格的に停戦の準備が進み始め、主力軍は首都へ帰還するとのことだ。もちろんリカルドもその仕事に追われており、以前のように病院に頻繁に顔を出さなくなった。おそらく、私が主従関係を広められたくないと言ったことも関係しているだろう。急に途絶えた看病を寂しいと思うどころか、ほっとしてしまうのは庶民として仕方のないことだった。彼は余りにも自分とは違いすぎる。

身分というより、生まれによる環境の違い。その思考。その所作。貴族であるリカルドに対して自分は泥臭さの抜けないただの特殊技能者。気にしないというのは無理だろう。私は訪れた平穏を享受しながら、わずかに力の入るようになった手足のリハビリを始めていた。

手足が反応してくれるのが嬉しくて調子に乗って寝返りでも打ってみようと試みる。誰かが来ない限り身動きもできない状況から、ようやく抜け出せそうだ。

重心を少しずつずらし、腕を立てて上半身を支えようとする。けれども途中で力尽きて体が崩れてしまった。ベッドに倒れ込みそうになったまではまだいいが、その後がいけない。

掴んだベッドの柵が外れ、その拍子に体がベッドからずり落ちてしまった。

衝撃を覚悟して目を瞑る。

次の瞬間、やって来たのは痛みではなく柔らかな感触だった。

「……お怪我はありませんか？」

知った声に状況を確認すると、何故かリカルドが私の下敷きとなっていた。自分の体に痛みはない。

「大丈夫です」

「それはよかった」

リカルドは私の膝に手を回すと、子供を抱くように軽々とベッドに引き上げた。相変わらずそつのない動きである。

「ありがとうございます。……あの、いつからいらっしゃったんですか？」

「たった今です。ドアが開いていて、落ちるのが見えましたので。間に合うかと肝が冷えました」

久しぶりに見るリカルドは笑みを浮かべていたが疲労の色も同時にあった。要職であるし、忙しかったはずだ。ここへ来るにも時間を無理矢理作ったのではないだろうか。

「念のため、医者に見せましょう。幸いにも病院ですから」

「そこまでしなくてもいいですよ。リカルドが助けてくれましたし」

「後から問題が出ることもございます。どうか私のためにもご自愛下さい」

私のためにも、ときたか。そう言われては断れない。仕方なく呼ばれた医師の診察を受け入れた。

医師は頭や上半身を調べどこにも痛みがないことを確認すると、様子を見守るリカルドに明るく言う。

「何の問題もないでしょう。この程度なら心配するほどのことはございません」

「そうですか。ご苦労様です」

リカルドは目元を緩ませ、医師に礼を述べた。

「では私はこれで」

忙しそうに医師が出ていくと、二人になった部屋でリカルドに勝ち誇った笑みを向ける。

「何もなかったでしょう?」

「結果論です」

「まあその通りですが。私よりリカルドの方がよほど病人のような顔をしています。忙しい中、無理に来なくともいいですよ」

無理に来るぐらいなら、体を休めて欲しい。その思いから言った言葉に彼は寂しそうに苦笑する。

「つれないことを仰(おっしゃ)いますね。……それに、今日は顔を見に来ただけではありません」

「何ですか？」

「実は近日中に首都に帰還することが正式に決まりました」

本当に停戦に向けて動き出しているのだ。にわかに実感が湧いた。

戦争が終わる。目の前の騎士は体を損ねることなく家に帰ることができる。心から笑ってそれを喜んだ。

「おめでとうございます」

リカルドもそれに応えて微笑する。

「ありがとうございます。一足先に戻ることになり恐縮ですが」

そうか、リカルドとはもう会えないのかもしれない。

私はしばらく病院から出ることはできないし、リカルドは首都に戻れば仕事もあり病院まで来られないだろう。主従といっても互いに別の仕事も生活もある人間同士が、傍にい続けることは現実的に考えて難しい。

「寂しくなりますね」

しみじみと呟いた私に、リカルドはどこか落ち着かない様子で視線をはずした。

「それで、これからのことなのですが……」

少し間を置いて、私の目を見て言った。

「私の家にいらっしゃいませんか？」

「はい？」

予想していなかった申し出に、思わず聞き返してしまった。戸惑う私にリカルドは説明する。

「一度首都に戻った後、迎えを寄越します。私の家でしたら腕の良い専属医師もおりますし、不自由はさせません。使用人も口が堅い。治療に専念できるでしょう。いかがですか？」

ありがたいが、そこまで負担してもらうのも悪く思う。病院暮らしにも慣れてきたし、体さえ動くようになれば、村のあばら家に帰ればいい。それで元通りである。

「この病院でも、十分良くしていただいてます」

「そう仰らず。必ずやご満足いただけるようお仕えいたします」

不満があって断っているわけではない。渋る私を見て、彼は顔を苦しげに歪ませる。

「御身が大切なのです。この場所と首都では遠すぎて、通うことも儘なりません」

リカルドが首都に戻った後も私と接点を持とうとしていたことに驚く。

しかし考えてみれば、自ら呪術を施すほど私に執着していたのだ。私が思っていたように簡単に関係を断ち切るはずがない。遅ればせながらそこまで考えが及んでいなかったことを反省する。

リカルドは悲痛な表情で、相変わらず私を一心に見つめていた。美しい者が悲しみを表現すると、どうしてこうも罪悪感に満たされるのだろう。

結局無理矢理負わされたとはいえ主としての責任感と、美丈夫の迫力に負けてしまった。

「……分かりました。世話になります」

諦(あきら)めて首を縦に振った私に、リカルドは笑みを向けた。

「同意していただき感謝いたします。ハルカ様」

どうやらまだ縁は切れないらしい。

*

規則的な振動に揺さぶられ、私は窓の外を見た。

ゆっくりと風景が後ろに流れると、前方には新たな代わり映えのしない森が現れる。馬車の内装は華美すぎない雅(みやび)に溢(あふ)れ、乗り心地からも庶民が稀(まれ)に用いるものとは一線を画していた。

一生乗る機会などないと思っていたが、何があるか分からないものである。そして私の斜め前には、リカルドが優雅に座っていた。

「お疲れになりましたか？」

「いえ、大丈夫です」

「屋敷も近くなりました。あと少しの辛抱です」

もう長いこと乗っているので、そろそろ辛くなってきた。あと少し、との言葉に希望を持つ。

宣言通り迎えに来たリカルドに連れられ、馬車に乗ったのは数日前のこと。彼が首都に帰ってから迎えに来るまで、しばらくの時間が過ぎている。その間に私は体を起き上がらせるまでに回復していた。

もっとも、歩くことはまだできないが。

本当に自分が貴族の家に上がり込んでいいのだろうか。未知の領域に足を踏み入れることへの不安を抱え、それでも馬車は進み続ける。

「ああ、見えてきました」

指さしたその先を見る。西洋絵画のように、大きな敷地が突如として現れた。計算され整えられた緑の彩りの中で、威厳のある門が正面で訪問者を選別している。

門の前に馬車は止まり、家人らしき男性が門を開けた。

「お帰りなさいませ、リカルド様」

「ご苦労」

素っ気ない言い方だった。いつも慇懃な彼しか見ていなかったため、少し驚く。

「リカルド、お帰りなさいと言われたら、返す言葉はそれではないでしょう?」

自分の留守の間、家を守ってくれていた家人への冷たい対応に、つい反射的に説教がましいことを言ってしまった。

リカルドは言われ慣れていないことを言われた、という様子だった。

しかしすぐに顔を緩め、家人に向かって言い直す。

「そうでしたね、申しわけございません。ただいま、グスター」

「いえ、……」

グスターは恐縮したように身を縮めたが、顔には喜びの表情が浮かんでいた。

そんなに普段無愛想なのだろうか。想像できない。

馬車は敷地内を進み、屋敷の前で止まる。窓から大きなその建物を見上げていた私の肩に、リカルドがそっと手を置いた。

「さあ、参りましょう」

背中と脚の下に手を回し、抱きかかえられた。不安定な上半身を支えるために、腕を彼の首に回す。少女の憧れであるはずのそれは、少年の姿であればただの運搬法に過ぎなかった。

馬車から降りると、使用人達が揃ってリカルドを出迎えていた。

「お帰りなさいませ、リカルド様。ようこそいらっしゃいました、ハルカ様」

年輩の執事だろうか、男性に合わせ他の家人も一斉に頭を下げる。

初めてされた大人数の歓迎に動揺する私を余所に、リカルドは慣れたように彼らに返した。

「ただいま。留守をよく守ってくれた」

全く別世界である。やはり、来たのは間違いだったのではなかろうか。

しかし今更逃げ出せるはずもなく、私を抱える人は悠々と屋敷の中へ足を進める。

「ハルカ様も長旅でお疲れでしょう。お部屋へご案内いたします」

「……お願いします」

大きな肖像画を横目に、高そうな調度品が並ぶ廊下を抜ける。光を反射する床は毎日家人が磨きあげているのだろうか。天井には複雑な紋様が描かれ、重量感のある燭台が壁に飾られている。

私はそれ以上屋敷の内装について考えることをやめ、ここは高級ホテルだと自分を誤魔化した。こんな物が個人の資産であるなど、私の理解できる範囲を超えている。

私を抱えたままリカルドが器用に扉を開く。その向こうに現れたのは、初めて見た天蓋付きの大きなベッドだった。

「凄い……」

中心にあるベッドだけではない。周りの家具もアンティーク調の品の良いものばかりである。

素直な感嘆が唇から漏れ、リカルドは満足そうに笑みを深めた。

「ここがハルカ様のお部屋でございます。私の部屋と近いので、何かあればすぐに駆けつけられるかと」

つまり、わざわざこの一室を私のために空けたということか。

ベッドに下ろされると、雲のように柔らかな感触が背中にあった。

「喉が渇きませんか？　飲み物でも持って参りましょう」

上掛けを私の上にかけると、リカルドは背中を向け出て行った。

一人残された部屋で落ち着かない気分のまま、視線をさまよわせる。

本当に何もかも信じられない。自分が貴族の屋敷に客人として迎えられているなど。

この世界に来てからもう随分経つ。手は皹、頬は痩け、夢見る時分はとうに過ぎた。

むしろ、毎日の生活の中に喜びと安寧を見いだしたというのに。

唇を引き締める。忘れないようにしよう。いついかなる時も。

私の望みは、体を回復させ師と暮らした家に帰ること。それさえ叶(かな)えばいい。それ以上は望んではならない。ここの暮らしを当然と思ってはならない。

夢のような待遇だからこそ、自らを引き締めた。

一瞬で平穏が崩される現実を、嫌というほど体験したから。

「失礼します」

手に小さな盆を持ち、リカルドが再び入室してきた。

「お持ちいたしました。どうぞ」

何かの赤い果汁とおぼしき飲み物を差し出され、受け取る。

「ありがとうございます」

口をつけてみたら、甘く美味(おい)しかった。

「庭でこの季節にとれる果実です。後々庭にもご案内いたしましょう」

「是非。どんな実なのか気になります」

「畏(かしこ)まりました」

穏やかな雰囲気に和み二人が黙ると、耳に入るのは風に揺れる木々の音だけになった。

家人の声も遠くに聞こえるばかり。

「ところで、ご家族の方はご一緒に暮らしてはいらっしゃらないのですか？」

「……中心地に本邸がありまして、両親と兄はそちらで暮らしています」

表情は変わらなかったが、リカルドは返答までにわずかな沈黙を挟んで答えた。

彼だけがこの広い屋敷で生活を送っているのは、わけがあるのだろうか。

疑問に思ったのが顔に出ていたらしい。リカルドは苦笑し、渋らずにさらりとその理由を教えてくれた。

「昔はここが本邸として使われたこともあるそうですが……今は首都の重心が東寄りに偏っております。それ故、より利便性のある場所へ本邸を移したのです。とはいえ人が全く住まなくては、家は荒れるばかりですから。管理を怠らないという条件付きで父より権利を譲渡されました」

「そうだったんですか」

こんなに広ければ家を維持するのも大変そうだ。

「私は静かな場所の方が落ち着くので、この家なら気に入りそうです」

屋敷の周りは自然に接している。人の多い通りに囲まれた場所よりも、森暮らしに慣れた私には合っている気がした。一時の安らぎを得るには、これ以上の場所はない。

長く馬車に揺られた疲れもあり、やってきた微睡みに身を委ねた。

＊

リカルドの屋敷に来たものの、肝心のこの屋敷の主には思っていたより会う時間が短かった。

朝は食堂まで車椅子で私を運び朝食を共にするのだが、終われば慌ただしく仕事に行ってしまう。すると次に会うのは、普段なら既に私が眠っている時間だ。

家人も眠らず主人の帰りを待っているし、招かれた身であるので私も起きていることにしている。寝てていいですからと言いながらも迎えを喜ぶリカルドの顔を見るのが最近の日課となっていた。

昼間は体を動かし、筋肉をつけることに専念している。今のところ順調に回復し、近々立つぐらいならできそうだった。

ただ不安なこともある。後遺症が出てこないかということと、魔力の回復具合だ。

あれ以来全く魔力を行使していない。感覚的には徐々に戻っている気がするのだが、医師の許可が下りず確認には至らない。

もし極端に魔力が少なくなっていれば、魔術師としての今後に関わる。そう思うと恐怖が襲った。

そんな日々を送っていたある朝のことである。いつものようにリカルドが食堂まで私を運ぶために迎えに来ず、代わりに焦げ茶色の髪をした男性が部屋に入ってきた。歳は三十手前ぐらいか。初対面の人物だが、感じの良い笑顔に不信感は持たなかった。

「初めましてハルカ様。今日よりお仕えさせていただくアルフと申します」

「私に仕える？」

「そうです。リカルド様は常に屋敷にはいられませんので、私が代わりにお世話させていただくことになりました」

確かに自分の今の状態は介護が必要で、今までリカルドと家人達が代わるがわるやってくれていたが、元々別の仕事を持っている人達である。遂に専属の人間を雇ったらしい。

「面倒をおかけしますが、よろしくお願いします」

「いえいえ、とんでもない。こちらこそよろしくお願いいたします」

そうして互いに頭を下げた後、アルフは不自然に黙ってしまった。まるで何かを思い出そうとしているようなそぶりだった。

「さっそくですが、食堂に連れていってもらえますか」

「そうでした。……失礼いたしました」

どうやら仕事内容を思い出そうとしていたらしい。屋敷の家人達は私が何も言わなくても予定を全て把握し的確に実行してくれるので、アルフの反応は初々しく見えた。彼は決まりの悪い顔をして言った。

「実は今まで個人に仕えた経験がありません。未熟な部分が多いと思いますが、ご容赦下さい」

「私も貴族ではありませんから、気を楽にして下さい」

アルフはほっとした顔で頭を下げた。

介護に不慣れな人が傍仕えしてくれるぐらいでちょうどいい。完璧な家人の世話では、どんな些細な様子も漏らさず観察されているプレッシャーを感じるのだ。それが彼らの仕事だとは分かっているが。

いつもの通りに朝食を済ませると、アルフが聞いてきた。

「ハルカ様。今日はどうなさいますか？」

「そうですね……庭でも行きましょうか。アズリの花がそろそろ咲く季節ですから」

「畏まりました」

アーチを潜ると、丁寧に手を加えられた庭園が広がっていた。絵画的な美しさの中に、アズリと呼ばれる赤い花が大輪を咲かせている。

アルフが静かに車椅子を押してくれるので、穏やかな気持ちで小鳥のさえずる庭を探索した。

ここの季節は湿度によってのみ変化する。極端な暑さも寒さもなく、ただ乾期や梅雨のような時季に合わせて植物達の様相が変わっていくのだ。ただ今日は珍しく日差しが強いせいで少し暑く思った。

石畳の小道から外れたところにある大きな木が目に映る。日差しを遮り風に揺れる木陰はとても涼やかだ。無性にその下で涼みたい気持ちが湧き起こった。

「あの下に寄せて下さい」

「はい」

下草の上を車椅子が進み木陰に入る。木のすぐ脇で止まったところで、私は幹に触れた。

十分な太さで、少しぐらい体重をかけたところで傷んだりはしないと思われる。

「一人で、立てるか……試してみましょうか」

「お一人でですか？」

「転びそうになったら、助けて下さい」

ている。

　そう言って、足に力を込めた。アルフがすぐに受け止められる体勢で心配そうに見守っ
ている。

　木を支えに、腰を浮かせる。あと少しで立てそうになったが、立ち上がりきることはで
きず、下草に倒れ込みそうになる。

「っ、」

　アルフが巧みに私の体を支えて、それを阻止してくれた。そのままそっと下草に座らせ
られる。あと少しで立てたのに。実に惜しい。

　思わず残念だと首を横に振る。アルフは先に立ち上がると、私に向かって手を差し出し
た。

「大丈夫ですか？」

「おかげ様で。ありがとうございます」

　手をとって体を支えてもらう時、触れた拍子にふとした違和感がよぎる。

　けれど、それは明確な形を持つ前に過ぎ去ってしまった。

　車椅子に私を戻したアルフは困ったように眉を寄せ、様子を窺いながら言った。

「ハルカ様。私のような使用人に礼は不要です」

「いけませんか？」

体に馴染んだ、かつての世界で身についた習慣の一つであった。

「……私達は報酬の対価として、仕事をしているのです。当然のことをしているだけですから」

「仕事かどうかの問題ではなく、ただ私が言いたいのです」

「礼だけでなく敬語もですよ。使用人にそこまで丁寧に接しなくてもよいでしょうに」

「これはただの癖のようなものです」

師は私に敬語から教えた。何か不要な問題に巻き込まれないように、相手を刺激しない正しい言葉を最初に叩き込んだ。あるいは人との間に壁を作らせようとしたのかもしれない。親しくなった人が、私がこの世界で異物であると見抜かないように。その危惧が正しかったか、確かめる術はもうなかった。

苦笑を浮かべてアルフの顔を見れば、諦めた表情を浮かべていた。

「畏まりました」

おそらく変わった人間だと思われていることだろう。

たかが習慣、されど習慣。不審に思われないよう、適度な妥協も必要かもしれない。

師アロルドと過ごした日々ではあまり意識しなかったが、ここではそうもいかないだろう。

庭園は静かに私達を迎えている。庭師以外は余り立ち寄らないらしく、誰も通らない。

この場所の本来の主が庭園に来るのを、私は見たことがなかった。

「リカルドとは最近……会いませんね。お仕事が忙しいのでしょうか」

「きっとそうでしょう。優秀な方ですから、あちこちで呼び出されているのでは」

やはり見た目通りにリカルドは秀でているのか。天は二物も三物も与える人には与えるものだ。

あの容姿なら、中身が伴っていなくともそれはそれで愛嬌があるのかもしれないが。

「何かリカルドについて教えていただけませんか？　このようにお招きいただいている身でありながら、実のところあまりよく知らないのです」

「……それならば他の者がよろしいかと。私はまだ日が浅いもので」

「では、誰か捕まえて今度聞いてみますね」

いつも部屋で世話をしてくれるメイドさんに聞いてみよう。

静かな庭園の中で、頭から離れない問いを思う。リカルドは何故私を主に選んだのだろう。本人に問わなければならないと常々思っているが、口にしづらくいつも言えぬまま別れていた。

彼が私の何かに幻想を抱いて身を委ねたのなら、双方にとって悲劇である。生意気なあの賭から再会するまでに冷静になる時間はあったはずだ。それでも私に全てを投げ出したくなる要因があったのだろうか。

だとしたら、余りに哀れで悲しいことだと思う。

空が暗く陰り遠くに黒い雲が見えた。

「風が出てきましたね。中に戻りましょう」

アルフの声に頷いた。

＊

「リカルド様のこと……ですか？」

お茶を注いでいた手を止め、少し驚いたようにメイドさんは言った。ファレリーというまだ若い女性だ。歳も近く一番話しかけやすい雰囲気を持っている。

「ええ。顔を合わせるのも朝と夜のわずかな時間だけですし。余りリカルドのことを知らないのです」

「まあ。そうでしたか」

アルフが私の車椅子を押して、お茶の置かれたテーブルに寄せてくれた。

ファレリーさんがカップを私の前に静かに置く。彼女は首を傾げ、少し考えてから話してくれた。

「そうですわね……一言で申しますと、お変わりになりました」

出されたお茶は随分高級な味がする。高級すぎて舌が慣れないのだが、ここに来てから顔には出せないでいる。それを飲みながら続きを促した。

「前は今のような方ではなかったと？」

「私がこちらでお世話になりだしたのは五年前になります。その頃は、表情らしい表情を拝見したことがありませんでした。騎士寮で暮らしていらっしゃったので、こちらの家に帰られることもほとんどございませんでしたし」

意外だった。リカルドは私の前ではいつも微笑んでいた。

だからすっかり彼は社交的な人間だと思っていたのだが、昔からというわけではないようである。

「訪ねていらっしゃるご友人も手紙を交わす恋人もおられず、恐れながら私どもは、ご主人様は人嫌いなのだと認識しておりました」

「友人もいらっしゃらないのですか。徹底してますね」

「はい。あの容姿ですし、興味を持たれる女性はいらっしゃったのですが……。全てを上手にあしらって、一定の距離を保たれているようにお見受けしました」

なんだか本当に別の人の話を聞いているようだ。いつも天使の笑みを浮かべ、人を気遣い、優しさのかたまりのような彼と同一人物とは思えない。

「一体、何がきっかけだったのでしょう」

「それはご主人様しか分からないことですわ。とにかく、お変わりになったのは確かです。毎日お屋敷にお帰りになりますし、よくお笑いになり、人との交流も増えました。私達は喜ばしく思っております」

それは使用人としても誇らしいだろう。見目麗しく、前線から生還した武勲もあり、さらに社交性まで身につけたのだから。神から愛された才能が揃いすぎて自分と同じ人間とは思えない。

「色々と教えて下さってありがとうございます」

「何かまたご質問があれば、何なりと仰って下さい」

ファレリーさんは飲み終わったお茶の容器を持って退室した。空気のように静かに佇むアルフと二人になり、人目も気にせず私は混乱した頭をかく。

リカルドの人となりを知ろうとしてかえって疑問が増えてしまった。人嫌いだった人間が急に社交的になれるだろうか。あの容姿だから十分に話題は尽きないにしても、内面までは変えられない。

いい人で終わらせるには腹に一物もっていそうだ。これまで通り相手の出方を見るしかないだろう。礼儀には礼儀を返し、心のどこかで常に疑う視線も忘れない。これを続ければいいだけである。


今日は珍しくリカルドと夕食を共にする事になった。昼間の話が頭をよぎり、彼の目を盗んでは様子を窺ってしまう。

時々視線がかち合うとあの華やかな笑みで「どうされました」と聞いてくるので、私は何でもありませんと小さく返す。

気になるだろうにそれ以上は追及してこない。いい人だと思った。

そうこうしている間に夕食も食べ終わってしまった。この後普段はそれぞれ自室に戻るのだが、今日はリカルドが話しかけてきた。

「ハルカ様。何か不自由などはございますか？」

「何も。皆様によくしていただいてます。ああ、アルフを付けていただいて、ありがとうございました。とてもよくしてくれています」

「それはよかった。相性もありますから、少し気がかりだったのです。彼は不慣れかもしれませんが、人柄が良い。ハルカ様に合うだろうと思って選びましたが、間違いでなくてよかったです」

ほっとした表情でリカルドは言った。それから静かに次を促した。

「他にはありませんか？　遠慮なさらずに。望みのものがあるならば、お応えします」

「本当にないのですよ。あえて言うならば、そろそろ自宅が気にかかる程度です。きっと荒れ放題でしょうから」

「家に帰られたいのですか？　望みはそれだけだと？」

最後の言葉だけ驚くほど冷たい響きだった。思わず彼の顔を注視してしまうと、リカルドは探るような表情でこちらを見ている。

これは答え方次第で、私か彼の何かが変わってしまう。そんな気さえした。そういった質問は、誤魔化してはいけない。自分を良く見せようとしても、後々露呈するだけである。

「あらゆる望みを叶えていただいたところで、自分の能力が見合っていないのならば行く先は推して知るべし。私は、村の魔術師の器ですよ」

苦笑いして答えると、リカルドは片眉を上げた。

「本当でしょうか。私にはもっと大きな器に見える」

なんてことを言うのだろう！

私は、突拍子もない発言に思わず口を開けて大笑いしてしまった。

「ははは！　この私が、貴方が言われるような器ですか！　買いかぶりですよ。何より私には野心がない」

野心とは力だ。しかし私が持つのは臆病者の心だけである。鼠を見て虎の子と見間違えるとはリカルドも見る目がない。

笑う私をただじっと見つめるだけのリカルドに苦笑しながら告げる。

「村の中で、誰かの役に立てるだけの力があればいい。そう思ってしまう私には大事は向きません」

リカルドは黙ると何事か考えているようだった。

「今は体も満足に動きませんしね」

「……そうですか」

一体その頭の中で何を考えているのだろうか。頭の良い人間の思考など、凡人の私には理解できない。

呪術により主従関係が成り立っているため、強制的に言わせることは可能だった。しかしそれは卑怯なことだろう。心を覗くことは、最も相手を軽視する行為だ。

絶対に知ろうとしないと断言はしないが、少なくとも今はその時ではない。語ってくれる時を待つかこのまま離れるか。いずれにせよ体が回復した後のことである。

そろそろ夜も遅い。部屋に戻ろうとアルフを傍に呼んだ。

「ああ、最後に一つだけ。明日から帰って来られない日が多くなりそうです。私に構わず先にお休みになって下さい」

「分かりました」

それは私と距離を置きたいと言っているように聞こえた。

2

リカルドと顔を合わせなくなってから何日経ったか。あの言葉はやはり決別の宣言だったのだろう。リハビリ以外やることのない生活をしているうちに、私はすっかり日にちの感覚というものを失ってしまった。

村にいる間は、毎週誰かしらに納品しなければならない物があったり用事があったりと、これでもせわしない生活をしていた。それが今や無職同然の病人生活。養われている身で言うのも悪いが慣れない。

体が着実に回復していることが唯一の救いだ。

近頃ようやく自力で立ち上がれるようになった。ゆっくりとなら歩けもする。

部屋にある椅子に腰掛け、貸してもらった魔術書に目を通していく。この世界では印刷技術がないため本一冊がとても高価だ。しかも魔術の専門書ともなれば出回ることは滅多になく、たまに目にしても庶民には手が出ない。そんな高級品を惜しげもなく貸してくれるのだから、やっぱり貴族の懐というものは凄まじい。

読みながら必要な部分を紙に万年筆で書き写していく。せっかくの好環境なのだからできる限り知識を持ち帰ろう。その一心でペンを走らせていた。元々このような地味な作業は好きである。一人で黙々と作業を続けていると、扉を叩く音が控えめに響いた。

「どうぞ」

許可を出すとアルフが無骨な一礼をして部屋に入ってきた。誰も見ていないのだから、いちいち私如きに丁寧に礼などしなくていいのに。生真面目なことだ。

彼は手にしていた一枚の厚手の布を私の肩にかけた。

「もう随分と長い間机に向かわれています。少し休まれてはいかがですか」

言われて初めて時計を見る。針は私が予想していたよりもかなり先に進んでいた。

「本当ですね、気づきませんでした。きりのいいところまで読んだら休みます」

「では軽食をお持ちいたします」

病み上がりということもあり体調を気にかけてくれているのだろう。

関節がぎこちない以外は特に問題もないから、その好意が少しばかり煩わしい。もちろん口には出さず、全てを受け入れているが。もし私の体調が崩れた場合、責任を問われるのはアルフだろう。そう思うと無下に断ることもできない。

戦場では野ざらしで生活することも多かったから、至れり尽くせりのこの待遇は本当に慣れない。

アルフは一旦(いったん)扉の外に行き、洋菓子と温かな紅茶を運んでくると、私が読んでいた魔術書をさりげなく手の届かない場所へ置く。そんなことをしなくても食べながら読んだりはしないのだが。

「どうぞ」

「ありがとうございます」

差し出されたそれらで体を温めながら外を見る。いつも散歩している庭は相変わらず美しいが、毎日足しげく通っていると植物に興味の薄い私はさすがに飽きた。

せっかく外れとはいえ首都に住んでいるのだから、一度は中心地に行ってみようか。

壁際に控えているアルフに声をかける。

「一度、町に行ってみたいです。体も元に戻ってきたことですし。ご一緒していただけませんか？」

私は軽い気持ちで提案した。アルフがいつものようにすぐに承諾してくれると思ったからだ。今まで何かお願いして、彼に断られたことなどなかった。

けれど帰ってきたのは予想もしていなかった硬い声だった。

はっきりとした声に、心臓の鼓動が一瞬乱れた。

アルフはいつもの穏やかな表情ではあるものの、何度頼んでも断られる雰囲気を纏って

いた。普段の彼からかけ離れた様子に戸惑ってしまう。

アルフはそんな私を見てばつが悪い顔をし、誤魔化すように言葉を続けた。

「町は今、人で溢れて治安が悪いのです。戦地から引き揚げた人が、職を求めて集まって

います。そんな場所に体の悪いハルカ様をお連れすることはできません」

「でも、町はリカルドのような騎士が守っているのでしょう?」

「リカルド様は対応に追われているところでしょう。人が集まれば問題が起きます。けれ

どそれを根本的に解決するのは武ではなく政の役目です。政には時間がかかる」

そんなに治安が悪いのだろうか。

今まで私は運のいいことに大した問題も起こらない田舎に暮らしていた。体験したこと

のないものには興味が湧く。止められるほど町が危険な状態なら、かえって見たい思いが

強くなった。

今は体調が芳しくないが魔力が大分戻ってきているのは感覚的に分かる。魔術師は一般

人から恐れられている。体が上手く動かなくても、術の一つでも見せれば大概の問題は収

まるだろう。

その自信から私はアルフの忠告を重要視しなかった。けれど正面から攻めても止められることは分かっている。

「分かりました」

だから表面上は納得した振りをする。内心は別であったとしても。

少年の姿故にどうも甘く見られているようだが、これでも中身は成人なのだ。ただ言いなりになるような素直さは持ち合わせていない。だが頷いた私にアルフは安心したようだ。

「申しわけございません」

深々と慇懃な態度で謝罪する彼を冷めた気持ちで見た。

リカルドは屋敷に戻らず私のことをもう気にしていない。常に傍にいるアルフは私を幼子と思っているようだ。

……ならば、勝手に行くだけである。

若干の諦めを胸に抱き、声に出さず呟いた。

私はリカルドに見限られてそのうち村に戻るだろう。その前に一目、首都の様子を見てみたかった。

＊

扉を叩き、返事を待つ。

「……ハルカ様？」

普段ならばすぐ返ってくるはずの声が聞こえない。不安が冷や汗と共に背中から噴き出した。嫌な予感がする。今度は強めに扉を叩く。

しかし半ば予想した通り、中から返ってくるのは静寂だけだった。

「失礼します！」

慌てて扉を大きく開け放つ。小柄な姿は椅子の上にも寝台の上にも見あたらない。

なんということだ！

焦燥と気づけなかった自らの愚かさが胸を苛む。一縷の望みをかけて部屋の中を確かめる。だが残念ながら寝台の陰に倒れているということもなかった。

頭を抱えたい思いを胸に、何か残されていないか探してみる。机の上に一枚の白い紙が置かれているのが目に入った。急いでその紙に記された文字を読む。

「ああ……」

アルフは思わず溜息を吐いて目を覆った。

紙には「二人で町に出かけますが心配しないで下さい」と、気楽な口調で書かれていた。

＊

王城の一角にある長い廊下を、颯爽と歩く同輩の姿を見かけた。肩で風を切る様は忙しいと全身で主張している。

けれども最近は常にその状態であることを知っているので、俺はあえて声をかけた。

「やあ、リカルド」

「……グラハムか」

歩む速度を落としたリカルドの隣に並んで俺も歩く。少し疲れた声で尋ねられた。

「何用だ」

「君の変化が少し気になってね。回りくどい話は嫌いだ。何があったんだ？」

戦地から帰ってきてもう随分経った。俺は首都の警護だったが、彼の行った前線では激戦を強いられたようだ。帰れなかった兵士も多い。相当過酷な状況だったはずだ。

だからだろうか、今までのリカルドとは違った行動が度々見受けられるようになった。

仕事以外でも積極的に人と会うようになり、その目立つ容姿を上手く利用した人付き合いをするようにさえなった。

知る人は少ないが、リカルドが人嫌いだと俺は知っている。そして人嫌いな彼にしてはその変化は劇的である。社交性を身につけたと一言で片づけることもできるが、俺はその行動にもっと意味があるように感じてならなかった。

野心のような強い感情を。

「何を聞いてくるかと思えばそんなことか。誰でも自分を見つめなおし、変わることはあるだろう」

「ほら、それだ」

俺はリカルドのその言葉の揚げ足をとって突きつけた。

「昔の君なら『お前に言って何の得がある』って一蹴していただろう」

「だから何だ」

「その理由が知りたい」

舌打ちをするような苦々しい表情と共に睨みつけられる。今の顔ですら昔は見せることがなかったと本人は気づいているのだろうか。

最初にリカルドを見たのは、自分達が騎士を目指し従騎士として働いていた時のことである。凜とした立ち姿に引き締まった目元。しかし全体的には冷ややかな印象を受ける少年だった。

その時から目を引く容姿をしていて、妬まれる一方で多くの人を魅了した。

当時の俺もその一人である。

貴族的な容姿と、一段上から見下ろすような冷たい視線に憧憬の感情を抱いた。大部分の人間は彼と友人になったと錯覚し、そのまま終わる。けれどある一線を越えて近づいた者はほどなくして気づくのだ。

彼は誰にも心を許さない。霞のような人間だと。

後ろ盾は弱かったが、その負を上回る才能があった。しかし剣の腕も判断能力も洞察力も人を見抜く目もあるくせに、一向にそれを活用する気がない。

いや、活用することを周りから望まれなかった。

彼が平民ならば平穏に暮らせただろうが、上流社会では潰されるだけである。

美しいだけの命のない絵画のようであるとも思った。

それがどうだ。あの無気力ぶりは今や、まるで見えない。枯れかけの花が水を得たかの如く、強かな生命力に満ち溢れている。

「死を間近に感じれば、誰しも心境に変化がある。そういうものだろう？」

真実とも嘘ともとれない言い方だった。だが勘を信じるならば、肝心な部分には全く触れていないだろう。

リカルドは感情のこもらない、口角を上げただけの笑みを作る。

無意識のうちに呻き声が出てしまい、敗北を感じた。俺は昔から、彼の笑みに、それが何を意味しようとも弱いのだ。

耽美主義によるものではない。理想の存在に対する絶対的な気後れだった。

リカルドはこれ以上何を聞いても答えてくれないだろう。今日のところはこれで引き下がるか。そう思った時だった。

「リカルド様！」

隣の友人の名前を誰かが呼んだ。声の方向を見やれば、顔色も悪く走ってくる一人の男がいた。

「グスターか、どうした」

どうやらリカルドの使用人らしい。グスターと呼ばれたその男は傍まで来て立ち止まり、荒い息もそのままにリカルドに何やら耳打ちする。よほど急ぎのことだろう。

隣に立つ俺に挨拶すらないのだから、彼の焦り具合が窺える。家族の訃報でもあったのかと色々憶測してしまう。

　そして、俺は目を疑った。

　リカルドが酷く動揺した表情になったからだ。

　不安気に視線をさまよわせ、元々白かった肌が青くすら見えた。俺は今までこの友人がこんなに感情を露わにしたところを見たことがないし、想像すらしなかった。全てを諦め、全てに絶望していたかつての友人とはかけ離れた姿だった。

「アルフは何をしていた」

「部屋の傍に控えていたらしいのですが……」

「どこへ」

「分かりません」

　微かに漏れ聞こえる会話から誰かの行方が分からなくなったと知る。

「……お捜ししなくては」

　それは焦燥のこもった小さな一言だったが確かに聞こえた。

　問題の人物こそ、リカルドを変えた張本人だと直感が告げる。根拠はない。

「すぐ行く」

　走り出そうとしたリカルドに声をかけた。

「人捜しなら俺も手伝おうか？」

一瞬彼は躊躇ったが、結局その首を横に振った。

「いや、必要ない」

そしてそのまま振り返ることもせずに走り去る。置いていかれた使用人が慌てて後を追った。

嵐が去った後の静けさの中、一人残された俺は失望の溜息を吐く。

「俺、信用ないな」

人手が必要なはずの人捜しで手伝いを断られたというのは、そういうことだろう。君を変えた人が知りたい。それは害をなすためではなくただ見守りたいが故なのに。

リカルド。昔も今も君を好ましく思う。本人は信じてはくれないだろうが。

時折見せる澄んだ水面のような透明な心を、何より自分は眩しく思っている。

一方的な友愛を胸に、深く嘆いた。

＊

「本当に大丈夫か？」

手綱で馬を引き留めながら、親切な御者のおじさんが気遣ってくれる。馬が引く荷馬車にはとれたての新鮮な野菜が載っていた。

「はい、あとは道も分かります」

今いるのは首都の大通りで、店も並ぶ人通りも多い場所である。街角には案内標識もあるので一人でも大丈夫だろう。

足に力が入りきらず不自然な歩き方の私を、このおじさんが道端で拾ってここまで乗せてきてくれたのだ。行き先を尋ねられ、病気の母に薬を買うと偽ってしまった。

同情して薬屋まで送ろうと言ってくれたが、遠慮を装って断る。

「そうか、気いつけろよ」

「ありがとうございました」

石畳で作られた大通りの道を去っていくおじさんの後ろ姿を、手を振って見送った。完全に人混みの中に見えなくなってから手を下げる。心は久々の外出に浮き立っていた。

戦で貰(もら)った報酬から、いくらかの現金を持ってきている。

どこから見て回ろうか。首都ならばきっと田舎では手に入らない本や、魔術道具、薬草などが取り揃えてあるに違いない。一日で回りきれるだろうか。

まだだるさの残る体で歩きながらそのようなことを考えていた。

ひとまず本屋を回ることに決め、人に尋ねながら数軒訪れてみる。その途中、確かにアルフに聞いていた通り人々の争う声が聞こえたり、見るからに堅気ではない輩がいたりと治安の悪さを実感した。だが近寄らなければ問題ない。

さすが流通の中心地だけあり、かねてより欲しかった本を何冊か見つけることができた。しかしここで本を買ってしまうと他の物が買えなくなるので、見るだけに止めて魔術道具店を探すことにする。

魔術というのはどうも陰の気配を好むのか、魔術的に立地の良い場所というのは大概は大通りから離れた場所である。そのため、ほとんどの魔術道具店は素人目には分からない奥まった場所に存在することが多い。

一応ある程度の法則を知っていれば店を発見することはできるようになっている。それを探して人通りの少ない道を歩いていた。

道は狭まり不規則に分岐して死角を多く作り出す。目立たないように存在する魔術師用の印を一つ二つと辿って歩いた。すぐに陰に連れ込まれてしまいそうな場所だ。ここは子供や女性は一人では歩けないだろう。

そう思った矢先、脇道から言い争う声が聞こえてきた。

「いいかげんにして！　嫌だって言ってるでしょ！」

「お高くとまりやがって。こっちが下手に出てりゃ、つけ上がるなよ！」

どうやら男女の声のようだ。声の主から見えない位置で、足を止める。痴話喧嘩だったら巻き込まれるのも損である。

ようやく叶った外出で買い物を楽しみたい気持ちはある。しかし、このまま進んで面倒なことになるのも避けたい。

迷っているうちに、言い争う二人の声は加熱していく。

「あんたなんか、眼中にないんだから！　このブ男！」

「この……！」

男性が頭に血を上らせたのが見えずとも分かる。見過ごすこともできず、慌てて声のする道に飛び込んだ。

庶民らしい簡素な格好の若い女と粗暴そうな壮年の男が見える。男は腕を振りかざし、今にもそれを下ろしてしまいそうだった。

「すみません」

声をかけて注意を引くと、二人の怒りの視線が集中する。たじろぎそうになるのを抑え、背筋を伸ばして抗議した。

「事情は知りませんが、こんな往来でそのように叫ばれては皆が怯えてしまいます。冷静になって話し合われたらどうですか」

女は正気に返って決まりが悪い顔をしたが、男は落ち着くどころかますます激昂した。顔を真っ赤にして今度は私に矛先を向ける。

「餓鬼が生意気言うんじゃねぇ！　子供は引っ込んでろ！」

この容姿では舐められるのも覚悟していた。大男にでも化けてから声をかければよかったと後悔しても後の祭りである。

「子供でも思わず口を出したくなるほど物騒だったんですよ。貴方の方こそ、いい大人なのですから外聞というものを気にしたらどうですか」

「この野郎……餓鬼は大人の言うことを素直に聞けばいいんだよ！」

「ゾイ、あんたも大人げない。この子の言う通りよ。さっさと家に帰って」

女からも冷静に諭されたが、それでもゾイと呼ばれた男は収まらなかった。引き時も分からずに女に向かって八つ当たりする。

「元はといえば、てめえのせいだろ！」

男が胸ぐらを摑もうとして、女が必死に逃げる。らちが明かない気配がしたので、仕方なく魔術を使って右手に電気の塊を出現させた。

透明の魔力の球体の中で放電され、派手な音と光で飛び回っている。実用性よりも派手さを追求した脅しのための魔術である。

「ゾイさんでしたか。その女性から離れてさっさと逃げることをお勧めします。痛い目にあいたくないのでしたら」

二人は動きを止めてこちらを見た。一般市民にとって魔術師は畏敬をもって接する存在だ。数が少なく触れる機会は少ないが、時にどうしようもない問題を解決してくれる。そして、並の剣士より並の魔術師の方が圧倒的に強い。

男性は真っ赤だった顔を真っ青に染め変えた。捨て台詞も吐かず、一目散に逃げ出した。

「もう二度とうちの店に来るな！」

女がその背中に向かって叫んだ。きっとあの距離なら届いただろう。私は男の姿が完全に見えなくなってから電気球を消した。

彼女はしっかりと私に向かって礼を言った。

「あの……ありがとうございました。私の父が飲み屋をしてまして、そこで目をつけられて困っていたんです」

「そうでしたか」

道理であの恫喝にも立ち向かえていたわけだ。このような状況にも慣れているのだろう。並の女性なら泣いている。

「驚きました。お若く見えますが魔術師さんだったんですね。お礼がしたいので是非お店に寄ってもらえませんか。お酒でなくとも、料理もあります」

「いえ、お気になさらず」

寄りたい店もあることだし、足早にその場を立ち去ろうとした。

しかし少し歩いたところで急に気分が悪くなる。

「……、！」

ぐらぐらと視界が揺れ、口元を押さえてうずくまった。

どうしたことだろう。久々に魔術を使ったからかもしれない。屋敷を抜け出す時に少し使ったのを除けば、あの爆発以来である。

「大丈夫ですか？……お店でよければ休むところを用意しますよ？」

後ろから追ってきてくれた彼女がそう提案してくれたので、その言葉に甘えることにした。

＊

顔の上半分にかけられた冷たい布が気持ちいい。椅子を並べて作ってもらった台の上で、私は横になっていた。何も見えない代わりに、酒気を帯びた飲み屋の客達の声が大きく聞こえた。

「マリ、災難だったなあ」

「全くだわ！　最近視線が気持ち悪かったから、気をつけていたんだけど」

「ゾイの野郎も馬鹿やったもんだ。今度という今度は見逃せねぇ」

「見かけたら仇(かたき)を取ってやるよ」

「もういいわ、バシューさん。魔術師さんにこらしめてもらったから」

常連客と助けた彼女との会話に耳を傾けていると、話の矛先が向かってきた。

どうやら彼女はマリという名前らしい。

「魔術師さん！　俺達の看板娘をありがとうよ！」

「小さいのに凄(すご)いんだなぁ、あんた」

顔にかけられていた布を取り視線を向ければ、酒に酔った人の良さそうなおじさん達の顔が見える。小さい店ながらも地元の人に愛されている様子から、不思議と懐かしい雰囲気を感じた。

「いえいえ、それほどのことでも」

つい癖で謙遜(けんそん)してしまうと、マリさんの父親らしい強面(こわもて)な店の主人が静かに否定した。

「でもあんたのおかげでマリは何ともなかった。ありがとうよ。本当なら酒の一杯でも奢(おご)

ってやるところだ。しかし、その様子だと余計に悪化させちまうなぁ」

「……では今度、何かまた美味しいものでも食べに来ますから。その時にお願いします」

「はは、しっかりしてる。……分かった。その時にはたらふく食わせてやるさ」

「ここの親父がそんなこと言うなんて珍しい。魔術師さん、いつもこうだって勘違いしちゃいけないぜ」

「何だと？　おい、今度からお前さんだけ割り増し料金だ」

「そりゃひどい！」

会話が自然と逸れていったので、私はまた布を顔にかけ直し視界を閉ざした。まだまだ体調は回復しない。胃の辺りに残る気持ち悪さを堪え、気を紛らわせるために耳だけ澄まして周囲の会話を拾った。

誰の息子が戦場から帰ってきた、何の値段が上がって買い辛い、町に増えたよそ者のせいで問題が起こった、またいつ隣国との緊張が高まるか分からない等々、他愛ない話をしているようでも皆があの戦いのことを気にしている様子が窺えた。

けれど自国の軍が見事敵国を押し返し撤退させたことから、曇天の雰囲気の中にもどこかしら明るさが存在している。

これからもっと良くなる。皆、そう信じていた。

従軍していた私は尚更この国の人が希望を持てたことに心が温まった。戦った甲斐、とは違う気がするが自分の起こした結果が誰かの幸福に繋がることは純粋に喜ばしい。

そのまま聞いていると、彼らのうちの一人が馴染み深い単語を口にした。

「聞いたか？　ヘダリオンの英雄の話を」

「……ああ、そういえば隣の家の息子が言ってたな」

ヘダリオン樹海とは自分が戦っていた場所の名前である。しかし英雄とは勇ましい。上官達の中には戦場において勇名を轟かす者もいたから、彼らの中の一人に違いない。

「俺は知らん。誰だそれ」

「なんでもあのヘダリオン樹海での戦いで、敵兵を撫で斬りにした猛者だと。噂じゃ、その人を恐れてヘリオットもこっちに手が出せなくなったらしい」

誰のことだろう。幾人か該当しそうな人間を思い浮かべるが、市井の人までが噂するほどだろうか。

戦いが収束して落ち着きを取り戻した今になって、無名だった人の業績が認められたのか。それとも単に私が知らなかっただけなのか。一人腕の立つ傭兵の噂を聞いたが、傭兵を英雄に祭り上げはしないだろう。

「撫で斬り？　俺は魔術師で、空を真っ赤に染め上げたって聞いたぜ。炎と敵兵の血でよ」

「俺の聞いた話じゃ、大剣を持った大男だってよ。魔法剣士として一万の屍の山を築いた大男」

「いやちょっと待て。戦術でヘリオットを翻弄した軍師じゃないのか」

随分と情報が錯綜していた。情報の伝達法が人伝しかないにしても、ここまでばらけることもなかなかない。

余りにも話が食い違うので、しまいにはどれが真実か競いだした。不思議なのは戦地から帰ってきた人から直接聞いたという者が二人いたにもかかわらず、その二人の話も違っていたことだ。

結局彼らは何人もの〝英雄〟が存在し、誤って一人の人物だと広まってしまったのだろうと結論づけた。無難な考え方だと私も一人心中で同意する。

彼らの意見を興味深く聞いている間に、窓から覗く空が次第に陰ってきていることに気づく。

具合も大分良くなったしそろそろ帰らなければ屋敷の皆を心配させてしまう。私は体を起こし、顔にかけてもらっていた布を店の主人に返した。

「もう大丈夫なのかい？」

「ええ。暗くなってきましたので、お暇させてもらいます」

「そうか……俺はトマス。魔術師さんの名前を教えてくれないか」

そういえば、名乗っていなかった。危うく名も告げずに去るところだったと、今更ながら自己紹介する。

「私はハルカと申します」

「ハルカさん。また店に来てくれよ」

「是非」

「ハルカさん、またな！」

「ええ」

私はトマスさんと常連客の皆さんに軽く頭を下げ、扉のベルを鳴らしながら外へ出る。

気持ちのいい店だったのでまた機会があれば食べに来よう。

そんなことを考えながら、冷えてきた夕方の町へ一人歩き出した。

「礼儀正しい子だったな」

「ああ、親御さんの教育がいいんだろう」

ハルカが去っていった扉を眺めつつ、客達がそんな感想を述べる。トマスは娘のマリの様子がおかしいことに気づいた。盆を持ったまま視線を床に向けて考えに耽っている。

「おいマリ。どうした？」

「え？　あ……ううん、何でもない。きっと気のせいだから」

「ふーん？」

娘は一人で自己完結してしまったらしいので、トマスもそれ以上追究しなかった。

絶望的な我々を救ったのは、天地を舐める巨大な閃光。
群がることごとくを尽滅させた力は正しく驚異。
その後も力尽きるまで傷病者を治療し続けた高潔な人物は
たった一人の、少年のような魔術師だった。

マリは首を振って考え直した。あの戦地での出来事については何故か皆が色々なことを話す。だからきっと、この前聞いたあの話もそんな噂話の一つに過ぎないのだ。

ましてや、英雄本人が目の前に現れるのはどれほど低い確率だろう。

あり得るはずがないと自分を納得させ、マリはそのことについて考えるのをやめた。

＊

人気も少なくなった大通りを一人歩く。長く続く石畳の道は自分の足音を冷たく響かせた。本当に急がないと日が暮れてしまう。

街灯のある町中はまだ歩けるが、リカルドの屋敷の周辺は明かりに乏しい。最悪真っ暗な道を歩く羽目になる。ここまで遅くなるつもりではなかったのに、体調を崩すとは誤算だった。

機械的に足を交互に動かしながら、帰宅した時の屋敷の人達の反応を想像した。

アルフは間違いなく心配しているだろう。私付きの使用人なのだから。ファレリーさんは優しい女性だから、きっと喜んでくれると思う。他にも屋敷で頻繁に顔を合わせる人は皆親切にしてくれるから、迷惑をかけた分帰ったら謝ろう。

リカルドは……どうだろうか。

私は彼のことが本当に分からない。彼が私にあのような呪術を使った理由も分からなければ、身分が自分とはかけ離れすぎていて彼自身もよく分からない。

どうして私を主としたのか、その強い感情は私が知るものとは違いすぎて理解できなかった。

貴族社会で生きてきた人間は、外から見える部分が綺麗すぎて戸惑う。その言葉は本心なのか社交辞令のような飾りでしかないのか。中身の見方がよく分からないのだ。時間をかけて絆を作れば簡単に分かるようになるのかもしれない。

けれどリカルドは私よりも大事なことがあるようで、それにかかりきりである。それを非難するつもりはないが、リカルドに事情があるのなら私にも事情がある。何故屋敷から快く出してくれないのだ。

アルフがあそこまで明確に外出を拒絶したからには、必ず雇い主のリカルドから指示があったはずだ。彼の都合ばかり押しつけられている気分になった。

確かにリカルドは私にとても良い治療環境を提供してくれたが、別に私はあの病院のままでもよかったことだし。

……いや、これではまるで拗ねた子供ではないか。

自分の行動と思考を省みて、急に恥ずかしくなった。

彼は十分に良くしてくれているし、私が彼を理解できないことは彼の非ではない。全ては私に自信がないためなのだ。

彼にどう接していいのか分からず、戸惑っているばかりで自分の本心を隠している。疑心暗鬼に陥っている。これでは構ってもらえず自分に注意を向けさせるために家出した非行少年だ。

公平な視点で彼を評価しようと思っていたのに、無意識のうちに自分は悪い方向にばかり目を向けている。よく分からない人物に距離を置くことが悪いとは思わない。けれど一方的な憶測だけで人を軽視するのはいけないことだ。間違った憶測で傷つけたら、取り返しがつかないこともある。

自分で思っていた以上に今の状況に苛立っているらしい。他人を思いやる余裕が持てない。そのうえ、感情的な行動をしている。勝手に外に出れば、迷惑を被る人が必ずいると分かっていたのに。

一人で自分の未熟さに恥じ入っていると、遠くから誰かが私の名前を大声で呼んだ。

「ハルカ様！」

甘く柔らかでどこか冷たく、いつまでも聞いていたいと思わせるその声が、今は切迫感に満ちた悲痛なものになっていた。

前方から私をめがけて一直線に彼が駆け寄ってくる。

「リカルド」

痛々しい表情に、思わず彼の名を呟いた。

彼はどれだけ走ってきたのか、滝のような汗を流していた。いつもの優美さとはほど遠い。息を切らし格好も土に汚れた酷い有様で、わき目もふらず幼子のように私を視線で射抜く。

リカルドは正面に立つと、不安に満ちた目で私の全身を一瞥し、怪我などしていないことを確かめる。

足も、胴体も、手も、傷一つついていないことを確認してから私の間抜けな表情を見た。無事であるのを知り、私の顔の間近で深く息を吐いた。小刻みに震えている。私を失う恐怖が勇猛な騎士であるリカルドを、ここまで動揺させる事実を目の当たりにした。

演技でこんな切迫した表情はできない。今見ているのは、普段全てをそつなくこなすリカルドの素の心である。私が目を逸らし続けていたそれは、驚くべき純粋さで私に向けられていた。

リカルドは私の両手を大きな手のひらで包み、祈りを捧げるように自分の額に近づけた。

「……ご無事で」

かすれる声で吐露したのはどこまでも純粋な、私を案ずる心。その瞬間、ずっと疑問に思っていたリカルドの一部が氷解した。

彼は、私に縋っている！

誰が想像するだろう。全てを持つように見えるこの人が、何も持たない私にそんな感情を持つなんて。

雛が親鳥に縋るように、彼は私を頼っている。

普段より小さく見えるリカルドの体を驚きの目で見た。だとするならば、私の抱えていた疑惑の念はまるきり無駄なことだ。リカルドが私を裏切るなどあり得ない。彼には私が必要なのだから。

彼は握っていた手を離し、身長差のままに私を見下ろす。

「お捜しいたしました。この町は今、表には見えぬ危険で満ちています。時には人死にすら起こる。ご不満もありましょうが、どうかお戻り下さい」

まっすぐな目だった。あの病院で私に忠誠を誓い全身で表し続けてきたその思いを、ようやく私は素直に受け入れられた。ならば今日の自分の行いは最悪と言っていい。

リカルドを信用していないと宣言したも同じだった。

「ごめんなさい。勝手に抜け出して」

私が告げた謝罪の言葉をリカルドは首を振って拒否した。私の無事を知って、顔は安心した表情になっている。

剝き出しだった極彩色の感情は、いつもの表情の内側に収められた。けれども垣間見たあの鮮やかさが目に焼きついて離れない。

「いいえ。ハルカ様が謝ることなど、何一つありません。ハルカ様を満たすことのできなかった私こそが許しを乞わなくては」

主人に謝らせないのは騎士道精神によるものだろうか。

けれど今回のことはどう見ても私が悪い。ひたすら彼に甘やかされる子供になりたくはない。

「それは違う、リカルド。これは自分の非だと自覚しています。身勝手な行いで、心配させてしまった。私の謝罪を受けてくれないでしょうか。リカルドが罪すら認めてくれないなら、私はこの罪悪感を背負っていかなくてはならない」

「……ならば、許しましょう。ハルカ様の言う罪を全て、我が名において」

頑固な私の主張に折れてくれたリカルドが、胸に手を当て重々しく言った。

今のやりとりで、ふと主従二人して頑固で生真面目な性格だと気付く。意外に、彼と仲良くできるのかもしれない。ほんのわずかにそんな思いが浮かんだ。

そして何よりリカルドが私を必要としている事実に、庇護欲に似た感情が湧き上がる。

この世界に来てから、真実私を自ら望んだ者などいなかった。そして私自身も異世界から来たという大きな秘密を抱え、人と深く関わることを拒んできた。

けれどもここまで私を求めるのならば、リカルドが手を伸ばすのならば、それに付き合うのもまた一興。

しばし胸の中で当てはまる言葉を探し、天啓の如く降りてきたある単語を当てはめた。

そうだ。『弟』のように、リカルドを大切にしよう。

なに、彼の方が年上だとかは細かいことだ。ただの喩えである。リカルドとの関係を考え抜いて、一番身近な関係に置き換えた末の結論だった。家族のように彼を慈しみ、変わらぬ友となろう。

私は彼と主従を結んで初めての心からの笑みを浮かべた。

「もう日が暮れてしまいますね。一緒に帰りましょう」

目の前でそんな決意があったとも知らず、リカルドは私の顔を目を逸らさず見てからつられて破顔した。

「……はい」

魂を奪われる魔性の顔も、家族と思えば天使の可愛らしい顔に見えた。夕焼けの空に向かい、二人で足音を響かせる。

何が過ちで、何が正しいかなんて分からない。しかし二人の間の距離が確かに変化した日だった。

＊

リカルドと別れ部屋に帰ると、アルフが深く一礼して出迎えてくれた。

「ご無事で何よりです」

「あ……ありがとうございます」

笑顔を向けられているのに、アルフから威圧的な雰囲気を感じるのは何故(なぜ)だろうか。

現実逃避によくよく観察すると、完璧(かんぺき)すぎるその所作と仮面のような笑顔のせいではないかと思った。つい黙って暢気(のんき)に見続けていたら笑みがますます深くなった。どう見ても怒っている。

「ごめんなさい。ご迷惑をおかけしました」

ようやくその一言を出すとアルフは笑みを消し、困った表情に変えた。

「そこはご迷惑ではなく、ご心配と言っていただきたいところですね」

指摘されて選ぶ言葉を間違えたと気づいた。仕事として私の世話をする以上にアルフは私に気を配ってくれている。友人と言うには私達の関係は遠すぎるだろうか。

「ご心配をおかけしました。自分のことばかり考えてしまっていました」

「私も、もう少しご信頼いただけるように努めます」

すぐに否定できればよかったが、事実私はあの時アルフを信用していなかった。

「そこで黙ってしまう貴方の正直さを好ましいと思っていますよ」

見抜かれている。私は過去を深く反省した。

「二度とこんな真似しません」

アルフは項垂れる私の肩を叩いて励ますと「信じます」と、いつもの優しい顔で言った。

*

早朝から起き出して、台所で一人、あるものの製作に精を出す。朝食の準備の時間と重なると使用人の迷惑になるので、夜明けと共に動き出した。

そうは言っても下準備の使用人は既に数人おり、興味深げに横目で見てくる。この国ではこれの文化はないらしい。

ほどなくして完成したそれを満足げに眺め、大切に大きめの布で包んだ。あとはそれを手渡すだけである。

いつものように朝食を済ませてから、部屋に置いていたそれを取りに行った。

使用人に囲まれて出勤のため馬車に向かうリカルドを呼び止める。騎士の格好をしており、何度見ても彼によく似合っていた。

「リカルド、ちょっと待って下さい」

彼は不思議そうな顔をして、家から出てきた私を振り返った。立ち止まったリカルドの手に、持ってきた包みを手渡す。

「お昼の時間に食べて下さい。味は保証できませんが……」

「これは？」

「お弁当というものです。中身は開けてからのお楽しみです」

朝作っていたものの正体だ。普段お世話になっているリカルドに恩返しのつもりである。無難に贈り物でもよかったのだが、一昨日の騒ぎから外出は控えているために却下した。

忙しいリカルドがお昼ご飯を小麦を固めた携帯食で済ませているのも調査済みだった。

「最近顔色がよくないですよ。休めない状況かもしれませんが、せめて食事の時ぐらいはゆっくりして下さい」

リカルドは手にした包みをまじまじと見ると、目元を緩めた。

「ありがとうございます」

よほど嬉しいのか、両手で大切に包みを持った。そこまで喜んでくれるなら作った甲斐がある。

「自分の体を大切にして下さい。貴方が倒れては元も子もありません」

「……はい」

少し頬を紅潮させて頷き、リカルドは馬車に乗り込んだ。説教がましくなってしまったが彼はどうも自分に無頓着なきらいがあるので、これぐらいがちょうどよい。

御者の男性が時間を気にしだしているので、そろそろ出発しなければ遅れてしまう。

「それでは行って参ります」

「はい、気をつけて」

窓から顔を出すリカルドに手を振り、遠ざかる馬車を見送る。馬車の姿が完全に消えたところで、横から声をかけられた。

「ハルカ様、一体中身は何ですか？」

気づけばアルフが私の隣に気配もなく立っていた。

車椅子生活から脱却してアルフに世話をしてもらう時間は前より減った。しかし必要な時はすぐに現れるので、おそらく気づかれないようにいつでも近くに控えているのだと思う。

「パンに肉や野菜を挟んだ食べ物です」

「へぇ、初めて聞きます」

サンドイッチが存在しない世界なので、物珍しさはあるはずだ。

見送りを終えた使用人達が屋敷に帰っていく。後にはアルフと私の二人が残された。

どうせ暇な身分である。魔術書を写す作業に没頭する前に、このまま屋敷の周りを散策してみようか。

歩き出すと、私の数歩後ろからアルフもついてきた。

「実は少し気になっていたことがあるのですが、お聞きしてもよろしいでしょうか」

アルフの声を意識の半分で聞きながら、誘うように飛ぶ蝶(ちょう)を視線で追う。

「どうぞ」

「ありがとうございます。一昨日(おととい)ハルカ様が外出された時、私はいつもと同じく傍(そば)で控えておりました。どうやって私に気づかれずに出られたのですか？」

改まって何を聞くかと思えばこの間の脱出の状況が知りたかったようだ。

「そのことですか。魔術を使っただけですよ」

「魔術を？」

「ええ、本業ですし」

魔術師でもないアルフなら、見せたところで原理も分からないだろうと実演してみせる。

体の表面に空気の層を作り、音と人の臭いを遮断する。さらに一回り上に光を屈折させる層を作り出す。これで簡単な透明人間の完成である。惜しむらくはその間息を止めていなければならないことだろうか。

「ハルカ様!?」

急に姿が消えたので、慌ててアルフが私の立っていた場所を捜す。返事をしたいが息を止めていなければならない。止め続けるのも苦しいため、すぐに姿を現した。

「こんな感じでしょうか」

アルフは驚きの表情で私を見つめる。手品を見た観客のように目を輝かせていた。見る側にとって手品も魔術も変わらないかもしれない。真正面に立っていたにもかかわらず全く気づかれなかったようだ。

私の魔術の腕もなかなか優れていると自負したいところだ。

村では師と私以外の魔術師がいなかったために、自分の腕前がどの程度なのか今ひとつ分からなかったりする。戦地では皆同じような魔術しか唱えられなかったし。

少々得意になった私と対照的にアルフが眉(まゆ)をひそめた。

「これではハルカ様にまた抜け出されても、分かりませんね」

「……もう抜け出したりしませんよ」

さすがに二回も同じ失敗をするつもりはない。十分に懲りた。

アルフなりの冗談だったのか、苦々しい表情に変わった私に苦笑した。

「ええ、信じています」

狡い人だ。そう言われては、ますます抜け出せない。

不必要な遠慮がなくなり、次第に私の扱い方を皆分かってきた気がする。

そのことをこそばゆくも嬉しく思った。

＊

俺は騎士仲間であるリカルドの様子を窺いに普段彼が利用する休憩室を覗きに来て、不思議な光景に出くわした。相貌を崩してリカルドが一つの箱を眺めていたのである。

非常に珍しく浮かれている様子に、箱をよく観察するとそれはどうやら食料らしかった。

しかし何とも飾り気のないというか、素朴さがにじみ出ている。

俺はつい心に思ったことをそのまま口に出してしまった。

「リカルド、携帯食に飽きたのか？　どうせなら食堂に行けばまともな物が食えるだろうに」

すると彼は刺々（とげとげ）しい表情で視線を向けてきた。半眼は威圧感があり心臓に悪い。どうやら俺は発言を誤ったようだ。

リカルドの機嫌をとろうと頭を働かせる。原因は今食しているものを貶（けな）したことだろう。見慣れない食事は料理人が作ったにしては簡素で拙（つたな）い。自分で作った可能性もある。

「あ……っと、よく見たら旨（うま）そうだな。俺にも少し分けてくれないか？」

「黙れ。少しでも口にしてみろ。地獄を見せてやる」

取り付く島もない返事に、さらに選ぶ言葉を間違えたことを知った。この返事から判断すると、どうやら誰かに作ってもらったもののようだ。

持ちやすい大きさに切り分けられたそれを、リカルドが自分の口に運び込む。そして、目元を緩めて静かに微笑した。

たった一口で機嫌を直した様子に、少し製作者の察しがついた。

「誰が作ったんだ？」

「私にとって、大切な方だ」

そうだろうとも。でなければ彼がここまで幸福そうにしている理由が分からない。先日の、リカルドが捜索していた人物と同じ人だろうか。

「どのような方なんだ」

「そうだな……尊敬している」

リカルドは少年のように瞳(ひとみ)を輝かせてその人物について説明した。彼(か)の人に思いを向ける時は、今まで見たどんな時より幸せそうな表情である。

やはり。

胸の中で朧気(おぼろげ)だった予想が明確な形を得て確信に変わってゆく。

彼がその人に向けるそれは何より尊く、傲慢(ごうまん)で、絶対的な感情。

「そして勇ましくも優しい……男性だ」

俺はしばし沈黙した。胸の中で耳から入った情報を繰り返してみる。念のため、その単語の意味を頭で確認もした。残念ながら間違ってはいないらしい。

「男なのか」

「男だ」

淡々と言葉を返すリカルドには迷いが感じられない。それを障害とも思っていない。衝撃的な事実に驚いているのは俺だけなのか。

もちろん本人が既に乗り越えたのだとしたら、第三者が口出しすることではない。

俺は混乱しながらも、重要なことだけは伝えておかなければと焦る。

「俺は、君が、どんな嗜好(しこう)の持ち主だろうが君の味方だ」

顔を直視できず目を背けていたため、リカルドが首を捻っているのも目に入らなかった。

「……そうか」

「ああ。悪いが、俺はもう行く」

立ち直るのには少し時間がかかりそうだ。壁を伝ってふらつきながら退室した。

あの顔立ちでは選び放題だろうに、何故茨の道を行くのだ。むしろあの美貌だからこそ女性に飽きてしまったのか。顔の良い男性には同性愛者が多いと聞く。

リカルドの恋愛対象が男性だったとはな。同性で一番近い人間関係を友人であると思いこみ、実行してきた俺は間違えたのだろうか。

いや、リカルドは元々その方面に頓着する性質の人間ではない。男女関係なくその人物だからこそ恋に落ちたのだろう。

俺は胸に溜まった重い息を吐き出し、鍛錬所へ足を向けた。

二等兵達の悲鳴が聞こえるのはしばらく後のことである。

3

相変わらず部屋と屋敷の周りだけを行き来する日々が続いている。変わったことといえば、監禁されているような閉塞感が消えたことだろうか。

心配性のリカルドを安心させてやるために、大人しく屋敷にいるのだと思えば少々の不自由さも受け入れられた。

庭に出ると風が吹き荒ぶ。これからは乾燥に強い植物達が栄える季節になるだろう。その後に大雨が頻繁に降る雨期がやってくる。この季節にしか手に入らない薬草を仕入れておきたいのだが、頼めば誰か代わりに買いに行ってくれるだろうか。

アズリの花の盛りは終わり、小道を彩っていた一角は葉の緑に置き変わっていた。花弁が茶色に変色する前に庭師が切り落としたのだろう。

足を進めていくと、支えにしたことのある木が風に煽られざわめいたが、別段普段と変わった様子は見られない。

しかし、後ろに控えていたアルフが不意に前に進み出た。

表情は硬く、私の外出を断った時に見せた冷たさを感じた。木に鋭い視線を向け、隠すように私を背後に庇(かば)う。

場所も傍にいる人も全く違うのに、アルフから感じる緊張感が私を一気に戦場に引き戻した。

危険が迫っているなら、状況を把握し、直ちに戦いの準備を。幸い医者からは魔術をそろそろ使っていいと許可が出たところだ。

私は前方以外に目を配り、人が隠れそうな場所に意識を向けつつ早口で術を唱え始めた。最も早く効果が得られそうな術をいつでも放てる状態にする。早鐘のような心臓の音が、耳に喧(やかま)しく響きだした。

木の枝が不自然に大きくしなる。何者かがあの中に潜んでいるのだ。

「誰だ！」

切りつけるように鋭い声がアルフから発せられ、枝の隙間から慌てた黒い影が見える。周囲に目を向けたが他に動きはない。単独のようだ。

しばらく木の上で移動していたその影はアルフの視線が全く外れないことに気がつき、諦(あきら)めたのか木から下りて地上に足をつけた。

顔つきや背格好は少年と青年の間ほどのもの、髪は金で目は碧（みどり）。魔術師が作業着として好むローブを羽織っている。生地の材質から判断するに高そうなローブだ。

隠れることを想定していない格好に私の緊張が緩んだ。

「痛てて……着地失敗した」

言いながら足首をさすって痛みを和らげようとする姿は無防備である。アルフは視線だけ私に向けてどうするか尋ねてきた。

不審者は警戒されているのも気がつかない暢気（のんき）な体で、まだ足首をさすっている。害はなさそうだったが、私も口に出さずに首を上下させてアルフに応（こた）えた。

「誰だ」

アルフの問いかけに彼は背筋を伸ばし、不審者らしからぬ礼儀正しさで名乗った。

「あ、こんなところから失礼しました。僕は魔術師……を目指しているライダール・レイスと言います。あなた方はこちらのお屋敷に仕えている方でしょうか」

「だとしたら何だ。今日、来客の予定はない」

ようやくこちらが険しい視線を向けていることに気づき、ライダールと名乗った彼は困ったように頭をかいた。そんな動作にも品の良さを感じさせるのは育ちのいい証（あかし）だろう。

「すみません、一度正面から伺ったのですが断られてしまいまして。こうして不躾（ぶしつけ）ながら壁を伝って入らせていただきました」

「用件は」

その一言にライダールは途端に瞳を輝かせて興奮しながら話し始めた。

「ああ！ それなのです！ こちらにあのご高名な、ヘダリオンの英雄が滞在されていると聞いたのです！ 是非とも師事したく、こうして参りました。どうか会わせていただけませんか？」

ヘダリオンの英雄？ それは先日聞いたあの噂のことだろうか。それが何故、この状況で出てくるのだろう。

アルフは奇妙に体を強ばらせ、眠れる虎の眼前を横切るように慎重にそっと尋ねた。

「どこでその話を？」

「ヘダリオンに赴任した方々から彼の人について聞いて回りました。いやあ、皆さん何故か話に一貫性がなくて苦労しましたが」

では彼は勘違いしているのだろう。この屋敷の客人は私以外にはいないはずだ。

警戒を解き魔力を霧散させたが、アルフはまだ険しい目つきでライダールを睨みつけていた。どこか焦った様子でもある。

「残念ながら、そのような方はいない。帰ってくれ」

「では自分の目で確かめます。この屋敷に誰かが招かれているのは知っていますし。僕だって生半可な気持ちでやってきたのではありません。ブラムディ卿には後ほどアグネスタ家から謝罪いたします」

この言葉を聞いて苦々しい気持ちになった。目の前の御仁は貴族の人間だったらしい。強引に不法侵入したかと思えば、これからさらに屋敷の人間に迷惑をかけると宣言し、しかも実家の名を使って脅している。アグネスタ家は確か伯爵位だっただろうか。しかし魔術師を目指すならば、皆家を捨てるものだ。だから彼もライダール・レイスと名乗った。レイスとは魔術師としての姓である。

魔術とは師から弟子にのみ伝わる秘術であり、術については家族であっても他言してはならない。そのために家との関わりを師によって絶たれることが魔術師の慣習となっていた。

魔術師を目指すと嘯きながら家の力に頼るその態度が、魔術師として腹立たしい。しかしそれを彼に改めさせる気にもならない。早々に関わりを絶ちたく思った。

「ヘダリオンの英雄とは、敵兵を薙ぎ倒した屈強な剣士でしょう？　魔術師を目指すライダール『閣下』が何を思って剣士に弟子入りしたいのかは存じませんが、この屋敷にそのような人物に該当する方はいらっしゃいません」

呼称に込めた皮肉に気づいたのか分からないが、ライダールは私をおかしげに見やった。

「そんな噂も流れているようですね。誰が言い出したのか知りませんが、剣士ではないですよ？」

彼は瞳を輝かせ一呼吸置いた後、やけに勿体ぶった口調で言った。

「ヘダリオンの英雄とは、憎き敵国ヘリオットの洞穴作戦を一撃の下に打ち崩し、傷つく前線の兵士を死の淵から救った……偉大なる魔術師のことです」


私は一瞬、呼吸の仕方すら分からなくなった。


頭の中で思考が渦巻いて気持ちが悪い。『偉大なる魔術師』に該当する人物がたった一人しか思い当たらない。

私は一体何を成してしまったのか。

……私が英雄なんて、度を超した冗談か妄想だ。

ここにいるのは死を恐れて逃げ回った鼠のような人間だ。あの戦場にも、彼の憧れている人物は欠片もなかった。

悪い夢から醒めることができない。拳を強く握りしめすぎて血の気が失せ、手の感覚が失われていく。

私の罪を眼前に突きつけられるよりも、顔も知らない人間から得体の知れない期待を抱かれる方がずっと恐ろしい。足下を支える大地が水に変わってしまったような不安定さ。

アルフが私の名前を呼んだことにも気づかず、俯いて強く目を閉じた。知っていてあえて目を逸らしてきたいくつかのことが、私をなおも追いつめる予感がする。

考える時間が欲しい。大して賢くもない私が、状況を整理するために。

今過ちを犯せば、取り返しのつかないことになるだろう。

しかし彼の英雄の幻影を求めてやってきた、やっかいな身分の人間が目の前にいる。

私は考えがまとまらないながら、ライダールへの対処をしなければならないことに困り果てた。黙り込んでしまった私に代わり、アルフが厳しい目を向けて突き放したように言った。

「……何度も言いますが、貴方の仰る方はこちらにはおりません。今招かれている方は我が主の賓客。お通しできません」

ライダールは苛立ちを隠さずに、威圧的にアルフに対抗した。

「ですから、後ほど正式に謝罪いたします。僕は諦めるつもりは毛頭ありません。紹介して下さらないなら、自ら捜しましょう」

今にも舌打ちが聞こえそうなほど苦々しい顔をして、アルフがライダールの前を遮った。私を守るよりも、そうした方が不自然に思われないと考えたのだろう。

少年の域を抜けきらないライダールを、成熟した男性のアルフが見下ろす。

二人の視線が交わり、どちらも先に外そうとはせず睨み合った。

互いに譲らない様子に黙っていられず、躊躇(ためら)いながらもつい声をかけてしまった。

「何故(なぜ)そこまでお会いになりたいのですか」

ライダールが私に視線を移し、愚問だと一笑に付す。

「ヘダリオンの英雄ですよ？　二百年前のマークレイドと並ぶとされる、偉大な魔術師です。これほど師として仰ぐべき素晴らしい人はいない」

マークレイドとは、歴史に名を残す大魔術師の名だ。世の中ではどれだけ誇張された話が蔓延(まんえん)しているのだろう。

「会ったこともないのにですか」

「会わずとも、その功績が既にその人の偉大さを伝えています」

その盲目的な態度に腹が立ち、気づけば私は彼に尋ねていた。

「ではその偉大な人物の弟子となり、貴方は一体何を目指されるおつもりか」

呆(あき)れた口調で聞いたその問いに、ライダールは初めて言い淀(よど)んだ。

大方幼い憧憬と熱意だけでやってきたのだろう。だからこんな問いにも答えられない。

「貴方には関係のないこと。……彼の人に会って、直接話します」

口先だけでそう言い、答えられないのを誤魔化そうとしているのが分かった。

「敵を打ち払う魔術を修めるために？　人を癒す術を習うために？　どちらも英雄の弟子とならなくても、可能なことでしょう。己の努力さえあれば」

「僕は！　彼の人のような偉大な者となりたいから来たのです！」

「ならば尚更。後を追うことしか考えられない者が、並び立てるはずもない」

歯を食いしばったライダールに睨まれてしまった。調子に乗って、ライダールを必要以上に責めてしまったことを反省する。

どうも私は彼のことが気に入らないようだ。ライダールの未熟さは自分にも覚えのあることなので、自分の恥じる部分を持つ彼を苦手だと思うのかもしれない。

思いこみだけで行動し、周囲の人の心など考えない未熟さだ。自覚していながら直しきれない自分の欠点。

「もしもここにいる人物が貴方の捜す人だったとして。その人は無理矢理人の家に押し入った貴方をどう思うのでしょう」

「それは……」

自分の気持ちに気づいていながらも止まらず、思わず毒づいてしまった。彼を導こうとしてのことではなく、全部自分のためだ。言ってから後悔した。

なんて器の小さい人間だろう。彼が知らないとはいえ、自分を慕う人間を感情で非難してしまった。

ライダールは根は素直な人間なのだろう。私の言葉に何やら考え込んでしまった。他人を顧みない直情型ではあるが、人の話を聞けるうちはまだ見込みがある。

「過ぎたことを言い、失礼いたしました。けれど主の許可なく屋敷の中へ招き入れるわけにいかないこちらの事情もどうかお察し下さい」

私が使用人を装ってライダールに頭を下げると、彼は先ほどとは違った穏やかさで大人しく頷（うなず）いた。

「……今日は帰ります。騒がしくして申しわけありませんでした」

ひとまず落着したらしい。私達のやりとりを見守っていたアルフが進み出た。

「では私が門までご案内いたします」

先導するアルフについていったこの騒動の元、ライダールの姿が建物の陰に消え見えなくなった。

それにもかかわらず、私の心は乱れに乱れている。

どうやら私は、大変な事態になっているらしい。

＊

初めて入ったリカルドの書斎は左右を本棚が占め、奥に書類の積まれた黒い机が置いてあった。その手前に接待用の丸机と椅子があり、実用性を追求した内装となっている。

奥の机で仕事をしていたらしいリカルドは、私が部屋の扉を開くなり書類から手を離し立ち上がって、扉の前で佇(たたず)む私を招き入れた。

「来られると思っていました」

おそらく昼間の報告を聞いていたのだろう。窓の外は既に夜の色に染まっている。にもかかわらず、部屋の中は燭台(しょくだい)の明かりで十分に明るかった。

リカルドが引いてくれた椅子に腰かける。

騎士の作法なのか分からないが、正面の椅子の横に立ったままのリカルドに着席する許可を出した。他に人のいない場では、リカルドはあくまでも主従を貫きたいのだった。

「失礼いたします」

私よりずっと綺麗(きれい)な流れるような動作で椅子に座った。所作までも貴族らしいこの人は、背中を丸めて座る私を緊張した眼差しで見つめている。

私もまた、昼間からずっと考え続けていたことで、口の中が乾燥しきってしまうほど緊張していた。

「ライダール様のことは既にご存じなのですね」

これはただの確認である。リカルドはわずかに目線を下げ、肯定した。

「はい」

「また来られるようなそぶりでしたが、次はどういたしましょうか」

「ご安心下さい。アグネスタ卿とは商業上の取引もしております。今回のことをそれとなくお伝えするだけで済むでしょう。利害が分からぬほど愚かではありません」

ではもう二度とあのような事態はないと考えていいだろう。彼の暴走する情熱を再び相手にする必要がないと知って、そのことには安堵した。

けれども私はいよいよ、恐るべきことを尋ねなければならなくなった。

自分が正に当事者であり、看過することもできない大きな問題である。

壁掛け時計の秒針が声高に次の言葉を促し続けている。正面に座るリカルドは、ただ黙して何も語らない。青い目が静かに見守っていた。

「私は」

長い時間をかけて一言目を絞り出した。

震える指先を握って押さえ、背中から感じる薄ら寒さを前かがみになって耐える。

次いで出した声はかすれて消えそうな、隙間風より弱々しいものだった。

「何者になったのですか？」

答えを言わないで欲しいと願いながら、彼の唇が開かれるのをただ見つめるしかできない。

哀れんだ眼差しで、私の騎士が朗々と宣告した。

「戦を治めた魔術師。優れた癒術者……救国の、英雄」

リカルド。私はその言葉を、一番聞きたくなかった。

恥じればいいのか、悔いればいいのか、恐れればいいのか、分からない。

複雑な感情が胸に去来する。頭を両手で抱え込み、決壊した理性の代わりにはらはらと涙が頬を伝って落ちた。

そう呼ばれるほどに私は殺人を犯し、そう呼ばれるほどに私は人から恨まれている。

戦場での所業はどれも私にとって誇ることではなく、目を逸らしたい惨劇ばかりであった。平穏を取り戻し安寧を見つけた今になって、逃れられないことを自覚させられた。

英雄。なんと輝かしく馬鹿馬鹿しい呼び名であることか！

その称号が重すぎて潰されてしまいそうだ。

苦しくて、私は理性も持たない小さな獣に変ずることを本気で考えた。たとえ人に戻れないとしても、そうなれば己の世界の中だけで生きていける。

意味を成さない呻き声が口から漏れた。そんな私に声が上から降ってきた。

「ハルカ様、私がおります。貴方の剣であり盾となる」

いつの間にか傍に立っていたその人は、何もかも分かっている様子で強く言った。

「全てからお守りいたします。恐れることは何一つありません」

抱えていた頭を上げ、覗いたリカルドの目には光しか見あたらない。私は納得して歪に口角をつり上げた。それは随分と疲れた笑いになってしまった。

「遠ざけてくれていたのですね」

暢気な私は周りで何が起きているのかも知らずに、勝手に一人で拗ねていた。

知ってから思い返してみると、色々なことが見えてくる。

庶民では入れない病院にいたのは何故か。リカルドが人嫌いから社交的に転じたのはいつか。屋敷に戻って来られなくなったのは、私が何と言った後か。

体が満足に動かない間も、今この時も。

初めて会った時からずっと守ってくれていたリカルドの気遣いに、ようやく気づいた。

「私は貴方からどれほどの恩恵を受けていたのでしょう」

そして過去を振り返るうちに一つ思い当たってしまった。私を外に出したがらないことと、アルフの存在を思えば自ずと見えてくる。私はこれからも、リカルドを必要とするのだ。

過去は決して忘却を許してくれないらしい。黒く禍禍しい手が、私の足首を摑んで引きずり落とそうとしている。

私は自分の考えをほとんど確信してリカルドに尋ねた。

「命が、狙われているのですか？」

瞼を伏せてリカルドは恨み言を言った。

「貴方の聡明さが今は憎らしい」

では、やはり。何もかもが終わってなどいなかったのだ。

私は戦いの最中にいるのに、リカルドが目を覆ってくれていたに過ぎない。今日までの穏やかさこそが夢であった。

「アルフは私の護衛ですか」

いつも私の後ろで控えていた姿を思い出す。手を握った時に覚えた違和感。あれは剣を握る者の手をしていたから感じたものだ。私が屋敷へ滞在することになってから雇われた、ぎこちない使用人。

気づける要素はいくらでも転がっていた。その全てに私は目を向けなかった。

「傭兵（ようへい）アルフレッド。貴方の次に名を馳（は）せた人物でしょう」

「……耳にしたことがあります。勇ましい傭兵がいると」

まさかこんな身近にいるとは思わなかった。あの傭兵らしからぬ穏やかな顔からは想像もつかない。

しかし傭兵ということは、金を払って雇ったのだろう。戦場で最も武勲を立てた男に使用人紛（まが）いのことをさせるだけの金額とはいくらばかりか。

「貴方がしてきたことを話して下さい。リカルド」

嘘（うそ）偽りを述べる気配があれば、初めて彼に『命令』することも辞さない覚悟でリカルドに言った。

「全て」

＊

正面からハルカ様の視線を受け止め、私はその力強さに状況も弁（わきま）えず圧倒された。

出会った時と同じ目の強さであり、今尚私を魅了してやまない彼の強さ。

あの時他に失う物などなかったが故に、魂を揺さぶられた邂逅に全てを懸けた。

たとえ自分が彼にとって都合のよい道具に成り下がったとしても、元々捨てるはずの自分であったから、失うものは何もないと思っていたのに。

私が願うのはただ一つ。この方が心安く過ごされること。

そのために隠していたあらゆることをハルカ様が知った時、どう感じられるか不安だった。けれども望まれるならば、私に拒否する選択肢は存在しない。

「お話しいたします」

私はハルカ様と出会ってからの行動を全て、主に晒すことにした。過去の出来事をなるべく忠実に伝える。

「ハルカ様が意識を失われていた間、既に私はこのような事態になると朧気ながら想定しておりました。目の当たりにしたハルカ様の奇跡にあの時誰もが心震えた。その最たる者が私でしょう。だからたやすく想像できました。良かれ悪しかれ、貴方の下に人が集うと」

ハルカ様が何を望まれるか、私はその時何も知らなかった。けれどもその時ハルカ様は余りにか弱い身だったので、獣のような輩の目から逃れることをまず最優先とした。

「ハルカ様の御身を病院に預け、目覚められた後は面会に訪れる人物に渡りをつけました。彼らに情報の攪乱を頼んだのです。皆、非常に協力的で今日までハルカ様の存在が特定されなかったのも、彼らの働きが大きいでしょう。特にバスカ・マルグ殿は並々ならぬ働きをして下さったことをお伝えしておきます」

「彼が……」

最初に面会に来た青年のことを、ハルカ様も覚えておられる様子だった。市民に正しい情報を知るものが少ないのは、彼のおかげである。

彼は吟遊詩人を自ら雇って誤った話を語らせたのだった。市民の生活に根づいた巧妙な手段を用いて虚偽を広めた手腕は見事と言うほかない。

「首都に先に戻った時、アルフレドを雇い貴方を守る護衛といたしました。そして貴方を屋敷へと迎えてから、私はひたすら自身の力を蓄えることに終始しておりました」

言葉にしてしまえば、たったそれだけのことである。しかし、行ってきたのは言い尽くせないほど多くのことだった。

昔の誼を頼り、あらゆる場所で顔を売り歩く。貴族の力とは、人脈によるところが非常に大きいからだ。

例えばハルカ様が名声を求められたら、後ろ盾となりそうな人物は誰か。

例えばハルカ様が過去を消したいと願われたら、それを管理しているのは誰か。

財力も、今ある分だけでは心許ない。目端のききそうな人を集め、事業を展開し、さらに利益を。

飢えるように私は力を求めた。けれども足りない。覆い隠すにはまだ足りない。

貴族の間にさりげなく虚実を蔓延させ、金を握らせ裏の世界の話を聞いた。

「徴兵簿よりハルカ様の名を消すことは叶いましたが、人の口に戸は立てられません」

あの場にいた者に直接問いただしていけば、いつかは真実へとたどり着かれてしまう。

しかしそれにはどれだけの労力が必要なことだろう。ライダール殿はその部分において、確かな熱意を持っていたことが窺える。

私が主にと望んだ人が願ったことは、元の生活に戻りたいというささやかなもの。しかし、それを叶えられないほどに我が国は英雄を求めていた。

「激しさを増す戦い。砦は既に二つヘリオットの手に落ちていました。それ以上落ちれば本当に喉元に剣先を突きつけられるようなものでした。それを守りきり、大きく戦力を削いで撤退させた実績こそ、人々の目に希望と映ったことでしょう」

そして轟く名声はヘリオットの国にまで届いてしまった。被害を生み出したのが、たった一人の人間だと向こうも気づいたのだろう。

戦略による被害ならば知略で対策を練るしかない。しかし、脅威のもとが一人ならばそれを消せばいいだけだ。

「ヘリオットがハルカ様の命を狙っています」

ハルカ様は表情を変えずに私を見ておられた。絶望や諦めなどは窺えず、ただ現実を受け入れて考えを巡らせているようだ。

私は自分の主を見くびっていたらしい。思うよりもずっと強い方だ。

密入国者の足取りから、英雄の居場所を探していることが分かった。戦場では叶わずとも暗殺ならば、という狙いだろう。残念ながら暗殺者を捜し出し摘発するまでには至っていない。

そのことも伝えれば、ハルカ様は疲れた表情をして私を見上げられた。

「貴方は……全く。有能すぎる」

「ありがとうございます」

「褒めていません。そうして私が知らない間、寝る間もなく動き回っていたのですか？　私の負うべき重荷を背負い込んで」

言われていることが理解できなくて困惑する私に、ハルカ様は苦笑された。

「私のことで貴方が手を尽くして下さって、本当に嬉しい。けれど貴方を損なうならば、意味がありません。気づかないうちに、私は貴方を修羅場へと送り込んでいたようですね」

言葉の裏にあったのは私を案じて下さる心。私が使える剣でなくとも構わないと、暗に伝えられた。

ああ、そうか。

この方にとって私は唯一人。間違いなく個として見て下さる。

私はハルカ様にとって、道具とは成り得ないのだ。

私に誠実に接して下さるが故に私の心はますます見えぬ鎖で囚（とら）われる。心に添うことを願う、この私の思いは何なのだろう。

椅子に座る様子は泰然として、自らの二つ名を知った時とはまるで違う。ハルカ様にとって、命を狙われることは自らが『英雄』と崇（あが）められるより小さいことのようだ。

理解できない思考回路だがそれが全くこの方らしい。

「私のことは私自身が……と言いたいところですが、私一人では重すぎる荷のようです。貴方がいて下されば、これほど心強いことはない。手伝っていただけますか？」

「もちろんです」

きっと何もなければこの人は一人で解決しようとするのだろう。私を気遣ってそう言って下さったようだ。

衝動に任せた契約だったが、この方の人となりがよく分かった今、自分の直感は間違っていなかったのだと確信した。

私と共に捨てられた屋敷を、ハルカ様は気に入って下さった。それがどんなに私の心を慰めたか。まるで私も許されたような気持ちになった。

人に純粋な好意を抱くという経験に戸惑い迷いもしたが、それを受け入れた世界は何とも愛おしい。

思う人に誠実に接してもらえる幸福を教えて下さった。

そのことがどれだけ私を舞い上がらせ、ハルカ様への忠心を深めているかお気づきではないのだ。

*

命が狙われているとなれば私は戦わなくてはならない。

自分が祭り上げられるだけであるなら、勝手な期待を抱く人間達から遠ざかればいいだけの話。しかし私を排除したい者に対してはそう簡単にはいかないだろう。

「私が何も気づかないままだったら、リカルドはどう対策するつもりでしたか？」

リカルドは完璧な笑みを浮かべて、その質問を予想していたように淀むことなく答えた。

「ハルカ様の身を狙う不届き者を見つけ出し排除した後に、もっともらしい背格好の人物に国外へ出ていただく予定です」

「それは、今の私の姿と同じ子供ということですか」

「はい。国境を越えさせればよいだけですから、さして危険はないでしょう」

提示された案はすぐに同意してしまいたくなるほどとても魅力的だった。それが実行されれば、私はかねてより望んでいた村へ帰るという願いを実現できる。

喉が渇いた時に差し出された水のように、即座に手を伸ばしてしまいたくなった。

けれど頭のどこかで小さく囁く違和感が自分を押しとどめる。よく考えて判断しなければ、後悔することになると予感が告げた。

目を瞑ってしまえばこのまま過ぎてしまえるのに、そうできない自分に呆れながら諦めた。

「性分です」

「……ハルカ様？」

つい出てしまった言葉に、唐突すぎて理解できないリカルドが首を傾げた。

この青年は絶対的な私の味方ではあるものの、私の一部ではない。現に全ての危険から遠ざけ、守ろうとしたように私の意図しないところで動くこともある。曖昧模糊な疑問を探し出し、口に出して整理する。

「ヘリオットが私を狙う理由は？」

「ハルカ様を脅威と感じているからでしょう。戦功が大きい分、その英雄が死したとなれば我が国の士気も下がります」

「私が何者であるか知る者が限られているというのに、士気が下がるはずもないのでは。いくら敵陣に多大な被害を出したからといって、所詮はただの無名の魔術師です。何故あの国はそうまで私を邪魔だと思うのですか」

「貴方の成し遂げたことは、貴方が思った以上に大きく人の心を動かしたのです」

「であるとしても、私なら王族や軍幹部の方を狙いますが」

「もちろん、ご指摘の方々も隙あらば命を狙われるでしょう。けれどもヘリオットは特に我が国の魔術師を毛嫌いする伝統がある。二百年前の恐怖を未だ拭えないのです」

私が狙われる理由に思い当たり、深い溜息を吐いた。

昔、今と同じようにヘリオット国が攻め込んできたことがあった。当時のヘリオットは今より領土も有する兵士の数も多く、誰もがローライツの敗北を予感したという。

それをたった一人で覆したのがマークレイドという魔術師だ。

幼少時から神童として名高かった彼は、戦時において敵兵をことごとく殲滅したらしい。

余りの被害に領土を維持する力すら失い、ヘリオットは縮小したという。

マークレイドは自らの寿命を操り、長きにわたりこの国の守護者として君臨した。亡くなったのは半世紀ほど前だが、その存在を忘れるにはまだ時間が足りないようだ。

私は自分につけられた英雄という呼称が、いかに過大な期待に基づいているかを自覚した。吐き気がするほどだ。

マークレイドは、偉大な魔術師である。彼こそが本物の英雄。逸話では一山を軽々と灰燼に帰したなど、私では到底及ばない話がいくらでも出てくる。

魔術は魔力と創造力で実行され、私はこの世界の人間よりわずかに科学の知識に先んじている。そのことが、並の魔術師と比べて威力の強い魔術を行使できる理由であった。しかし逆に言えば、威力を常識の範囲で強めている程度の事実しかないのである。

偶々、爆発の術を使うことができた。

偶々、それが最も威力の発揮される状況だった。

偶々、この世界の人よりいくらか人体の知識を持ち合わせていた。

全て偶然の産物である。

ヘリオットの恐れている本物の英雄は違う。マークレイドは敵大隊を一人でほぼ壊滅せしめた。ある時は、生まれ持った膨大な魔力だけで失われた手を生やすことすらできたという。

夢物語から抜け出してきたかのような、奇跡と呼ぶにふさわしい至上の魔術師。彼と同じことを、せいぜい出来のいい魔術師程度の実力しかない私ができるわけがない！

「……なるほど。私をマークレイドに重ねているのですね。納得のいく理由です。新たな疑問が浮かぶほどに」

私は目の前のリカルドを睨みつけた。

「過剰な恐れを抱くヘリオットが、似た人物が国を出たという情報だけで恐れを手放すわけがない」

ヘリオットは必ずリカルドが用意した人物を捜索し、本当に私が国外に行ったのかを確かめるだろう。そしてそれをリカルドが予想できないはずがない。英雄の影に怯えるヘリオットに対抗するならば、徹底的でなければならない。そして私はリカルドの、麗しい見た目からは想像もつかない苛烈さを知っている。

「影武者を……殺すつもりですね」

リカルドはしばし沈黙し俯いていたが、やがて吹っ切れたように顔を上げた。

「どうか、目を瞑っていただけませんか。この場所で今までと同じようにお過ごしになるだけでハルカ様は……いえ、私は、求めるものを手に入れられるのです。子を殺す罪も、私一人が勝手に犯すこと。罰も全て私が負いましょう」

私が、子供を殺すことを罪であり罰するべきだと思っている、リカルドはそう考えているらしい。

確かに以前の私ならば、そのような非道を思いつくことすら拒絶していたに違いない。けれども散々人を殺してきた私が、今更リカルドが人を利用し殺そうとしていることを咎められるのか。子供だから大人よりも命の価値が重いとでも非難するべきなのだろうか。

私は、自分の譲れぬもののために命を奪う行為について、何ら語れるものを持たなかった。

しかし一つ言えることがあるとするならば。

「貴方は、その身の主として私を選んだ。ならば貴方の行動における責任の全ては、私の所有物です」

否定の言葉を予想していたのだろう、リカルドは驚き目を見開いた。

手を伸ばせば、すぐ傍に佇んでいたリカルドの腕に私の指が触れる。少し念じただけで皮膚の下に渦巻くまじないの文字が黒々と浮かび上がった。

これが彼の中を無尽に駆け巡っている限り、私と彼の縁は絶えない。

白い肌に数珠状に黒く這うそれらは私の指が離れた途端、大人しく肌の下に潜り込み見えなくなった。

「では……？」

その先を口に出さずにリカルドに問われる。頷いてしまいたい欲望も胸には存在したものの、私が出した答えは結局首を横に振ることだった。

「いえ、その選択肢は必要ありません」

「何故」

「貴方にそれを選ばせたくない。そのうえ……私が死んだとなれば、ヘリオットは再び攻めてくる可能性があります。この国の安寧のために戦地へと赴いたのに、私が隠れることで乱されるならば意味がない」

英雄がまやかしであると気づけば、強欲な隣国は再び攻めてくるだろう。私をマークレイドと並ぶ英雄であると思い込んでいるから手を引いたのだとリカルドの話から気づいてしまった。

町の人達が英雄の話で盛り上がるのも、薄々察しているからに違いない。英雄の存在で得た、薄氷の上の平穏であることを。

逃げようと思えばいくらでも逃げられる。顔を変える魔術師を捕らえられる者など、同じ魔術師ぐらいなのだから。

では逃げようか。

……でも、どこへ？

この地の果てまで歩んだとしても、元の世界の故国にはたどり着かない。

自分は師と仰いだあの人とこの国で暮らした記憶以外、本当に何も持っていない。今ではこの地以上に愛着のある場所はない。居場所を失うのは一度で十分だ。だから私はこの国を守ろうとした。

出征した時の決断を再び突きつけられる。

その思いに、命を懸ける覚悟はあるのかと。

私を攫（さら）った師が、憎みきることのできない優しい人であることを知ってしまった。

時折顔を合わせた村人達が、魔術師を恐れつつも敬意をもって接してくれる真面目な人達だと知ってしまった。

今、目の前にいるリカルドを見る。

何より、私に全てをかけた、苛烈なこの騎士の生まれた国。

新たに芽生えた一握の郷愁。再び奪われてなるものか！

私はリカルドに向かって不敵に笑った。

「立ちましょう。国を守る英雄として」

あれだけ恐れていた英雄という単語を用い、あえて好まない大口を叩く。

そうでもしなければ震えてしまいそうだった。

自分にそれだけの実力があるかなんて分からない。いや、正直に言おう。英雄に並ぶだけの実力を、自分は持っていない。しかしたとえまやかしだとしても、信じ込ませてしまえばいいのだ。

この国には幾千幾万の兵を阻む巨人がいると。

「……ハルカ様」

眉を下げた、悲しげな男の顔が目に映る。リカルドは私が本心から称号など嫌っていることを知っている。

今までしてくれた、貴方の厚意を無にしてしまいました。

神に懺悔する信徒のように深く俯けば、聞き慣れた声が胸の奥から響く。その声は悔恨に満ち、嗄れた老人の声で「すまない」と一言呟いた。

4

扉を叩く音に「どうぞ」と返せば、見慣れた男性が入ってきた。焦げ茶色の髪はこの国では珍しくない容姿である。

しかし平凡そうな見た目とは裏腹に、戦地において多くの命を刈り取った傭兵(ようへい)だとは誰も気づくまい。

「アルフ……いえ、アルフレドとお呼びした方がよいのでしょうか」

アルフレドは思い当たることがあったようで納得した顔をした。

「昨夜お話しされていたことはそれでしたか。どちらでも構いませんよ」

ライダールが侵入した時に同じ場にいたため、ある程度の察しがついていたようだ。

「アルフレドに一つお聞きしたいことがありまして」

私がこの部屋にアルフレドを呼んだのは、好奇心も多分に含んだ質問をしてみたかっただけである。

そう言って野生的に口角を上げて笑った。傭兵と知れたことで、粗野な元来の性質を表に出すことにしたらしい。粗暴でさえなければ許容範囲どころか、私にとって身に馴染むものであった。

「興味本位なことですので、無理に答えなくてもよいのですが。護衛の任はともかく使用人として振る舞うとは、傭兵としては受け入れがたい申し出ではなかったのでしょうか。私はリカルドとアルフレドの契約については全く耳にしていないので、承諾した理由をお聞きしてみたいな、と」

「なるほど。リカルド様にはお聞きにならなかったんで？」

「ええ、私が聞きたいのは報酬額云々よりもアルフレドの気持ちなので」

「それはなかなか、答えにくいことをお聞きになる」

「ですから無理しなくともいいですよ」

アルフレドは苦笑したが答える気になったらしく、顎に手を当て懐かしむように目を細めた。

「確かに、金額には心惹かれましたね。傭兵稼業は稼げるうちが華ですし。けれども、他に思うところがあったのも嘘ではない」

「何なりと」

「というと？」

「私の故郷は昔から傭兵を多く出している村でして、そこでは純粋に力のある者を敬うような気風がありました。そして例に漏れず、私も見ず知らずの英雄とやらに尊敬の念を抱いていたんです。貴方を匿う話を持ちかけられた時、正直な感想を言わせていただくならば『惜しい』と思いました」

「惜しい……ですか」

「ええ。あれだけの活躍を見せた者が身を隠したまま消えるのは、惜しいと思ったんです。現場で戦っていた分一般人より早く噂を聞いてはいましたが、誇張が入っているにしても十分驚異的でしたから。最初の動機はそれでしたね」

ではアルフレドの故郷の気風に感謝しなければならない。

彼の話に聞き入っていると、アルフレドが少々意地の悪い表情をした。

「けれども今は若干の変化がありまして。余りにも無防備すぎるハルカ様を、見ていられないんです」

「……どういう意味ですか」

幼児の面倒でも見ているかのような言い方をするものだから、私は怒るどころか呆れた顔をしてしまった。

「これほどまでに無自覚で無防備な人に、初めて会いました」

　そう言って笑いを堪(こら)えるように口元に手を当てる。

　この国で生まれていないし世間慣れしていない分、ある程度人とずれているところがあることは認めるけれども、笑われるほどのものなのか？

　首を捻(ひね)る私にアルフレドが細目でちらりと視線を向けた。

「少し前に目の前で姿を隠す術を見せて下さったでしょう。魔術の感知がほとんどできなかった。あの技術でしたら王すらたやすく暗殺できます。にもかかわらず、本人はそれに全く気づいていないんです」

　そこでようやく笑いを収めたアルフレドは、今度は親愛の微笑で私の顔を覗(のぞ)き込んだ。

「貴方は不思議な方だ。守らなければならないことは幾度もありましたが、守りたいと思わせられたのはハルカ様が初めてです。契約とハルカ様のお人柄が変わらない限り、私はハルカ様を守りましょう」

　アルフレドの言葉を聞いて私の中に、温かな重みを持った安心感が生まれた。

　私はその一言を言って欲しかったのだ。

「ありがとうございます」

「いいえ、それが私の務めです」

　そうして互いに相好を崩した後、アルフレドはいつも通りの使用人に戻り言ってきた。

「そうそう、リカルド様より昼頃連絡がありました。ハーシー・ブリジスティン男爵令嬢が早ければ来週よりお越しになるそうですよ」

「そうですか」

　さすが、仕事の速い人である。私に礼儀作法の基本を教えてくれる先生を手配して欲しいとお願いしたのだ。時間がないためある程度の粗が残るのは覚悟の上だが、せめて基本的なことだけでも覚えておこうと思ったのだ。

「アルフレドはブリジスティン様について、何か知っていますか？」

「……才女だと耳にしたことがあります。けれど、それ以上は分かりません」

　それでは実際にお会いする時を楽しみにしていよう。

「アルフレド、それでは本を持ってきて……いえ、別の方に頼みましょう。ファレリーさんはお手透きでしょうか」

　護衛に専念してもらう方がいいだろうと思いファレリーさんを呼ぼうとすると、アルフレドは緩く首を振って答えた。

「どうぞ前と同じように私に言って下さい。『それ』も含めた契約内容ですから。本の種類は同じものでよろしいですか？」

傭兵らしく契約を強調しているけれど、アルフレド自身の好意もあるように感じられた。心の内に思っていたことを教えてくれたおかげで、彼との距離が大分縮まったように思う。今のアルフレドならば、安心して背中を預けられる。契約内容や金額だけを教えられたとしても彼の力を当てにはしただろうけれども、このような安心感は生まれなかっただろう。

いつもと同じように魔術書を求めているのかと聞いてきたアルフレドに、「いいえ」と返事をする。

「この国と周辺国の歴史が書かれたものを」

準備することは山ほどあり、逸る気持ちが胸を締めつけた。

＊

才女という単語から想像していた女性と、目の前のブリジスティン男爵令嬢はほぼ真逆と言っていいぐらいに異なっていた。

屋敷の広間のよく磨かれた床の上に優雅に立つ姿は、確かに貴族であると見えるのだが。質のいい服装に合わない、目元を異常に強調しすぎた化粧が、申しわけないが、品を下げているとしか思えない。

おそらくまだうら若い女性であるはずなのに、その過剰な化粧のために数歳は年上に見受けられた。これがこの世界の一般的な貴族女性の化粧方法だとしたら、私はとてもついていけないだろう。

その感想を深く胸の中に仕舞いこみ、私は笑顔を作って頭を下げた。

「初めましてブリジスティン様。わざわざお越し下さり本当に嬉しいです」

私のために来て下さった方である。気分を害させないよう丁寧に挨拶したつもりだった。

しかしブリジスティン様は私を見て溜息を吐いた。少なくとも貴族ではないとの情報は聞いているのだろう。予想はしていたが、普通の貴族ならこんなものである。

「初めましてグラークさん。リカルド様たってのお願いですから、今日から私が教師役を務めさせていただきますわ」

リカルドの名前を強調して言った。嫌々なのは分かるが、それでも引き受けてくれたのは彼の顔のおかげに違いない。今回は助かったが、余り愛想を振りまいているとそのうち女性達の嫉妬で修羅場に巻き込まれるのではなかろうか。

そうさせた自分のことは棚に上げ、リカルドの女性関係を少々心配した。

「ところで、グラークさんはリカルド様とどういったご関係なのかしら。リカルド様は貴方のことを恩人に関係のある方と仰っていましたけれど」

関係ある方どころか、本人である。リカルドも随分曖昧に誤魔化したものだ。

「……少々縁がありまして。特別に目をかけていただいているのです」

嘘は言っていない。リカルドに負けず劣らずの曖昧な言い方に諦めたのか、それ以上の追及はされなかった。

「そうですか」

しかし平民かと見下した態度を隠すこともなく、返事は冷淡な口調だった。そんな相手に余り下手に出すぎるのもつまらない。意趣返しでもさせてもらおうか。

「私自身、どうして目をかけて下さるのかよく分からないのです。けれどここまで私にして下さるからには、私を近くに置きたいという目的でもあるのでしょうか」

「まあ、そうなの」

色々と考え込んでしまっているのが傍から見ても分かった。私がリカルドの養子になる可能性があると、暗に示したからだ。

誘導の通りに彼女は自分の中で答えを出してくれたらしい。

「これからしばらく共に過ごすことになるわけですし、私のことは名前でお呼びになっても構いませんわ」

急に親身になってくれたブリジスティン嬢に笑いをかみ殺す。これで私がリカルドの養子にでもなり彼女がリカルドの心を射止めたとしたら、お母さんと呼ばせるつもりなのだろうか。

女性らしい可愛らしさに微笑ましさが湧き上がる。

「ではハーシー様、よろしくお願いします」

「ええ。それでは始めましょうか」

気を取り直し、授業がようやく始められた。

初日の内容はパーティーに呼ばれた時に覚えておくべき礼儀作法の基本だった。

一つの動作自体は簡単でも複数の動作を覚えるとなるとなかなか大変で、特に困ったのは同じ作法が相手の身分によっては無礼になる場合である。自分の物覚えの悪さを恨みつつ、厳しく指導して下さるハーシー様と過ごしているうちに時間はすぐに過ぎてしまった。

見た目に反してかなりしっかりと教えて下さったので、ハーシー様を選んだリカルドの見る目には感心する。そろそろ終わる頃合いだと思い始めていた時、入室の許可を求めるノックの音が広間に響いた。

「はい。どうぞ」

仕方なく授業を一時中断する。扉を開いたのはリカルドで、彼女は目を輝かせて迎え入れた。

「リカルド様！」

声色すら一段と高くなり少女のように一途に駆け寄る。罪な男め。

いつもより早めの彼の帰宅は、授業が気になっていたためであろう。リカルドは騎士服のままの格好で口角を上げて笑顔を作り、ハーシー様に様子を尋ねた。

「引き受けて下さり、ありがとうございますハーシー様。初日の調子はどうですか？」

「苦手なところも見られますが、全体としては順調ですわ。やる気もありますし、すぐに慣れてくれると思いますの」

「それはよかった。これからもよろしくお願いします」

ハーシー様と二言三言交わすと、リカルドは今度は私に向かって近づいてきた。

「ハルカさん、授業は捗っていますか？……あまり根を詰めすぎず、適宜休みをとって下さい。貴方は真面目すぎるから心配です」

「リカルド様ほどではありませんよ。今日は早く帰るために無理をしたのではありませんか？」

「いいえ。この程度苦には入りませんよ」

本当だろうかと疑い顔色を見定めていると、ハーシー様に肩を両手で掴まれた。

「リカルド様、ハルカさんは優秀な生徒で本当に教え甲斐(がい)があります。私達、今日で随分打ち解けることができましたの」

そう言って自分の体に私を引き寄せる。おそらく仲の良さを訴えたいのだろうが、ご褒美のつもりか豊かな膨らみを背中に押し当ててきた。女性同士なので全く嬉しくない。

養子になると誤解させたままであることを思い出し、笑いをかみ殺して不自然な無表情になってしまった。

「ええ。市井の出身とは思えないぐらい基本ができていて驚いておりますわ。これなら受け入れたいと申し出る貴族もいらっしゃるでしょうね」

私に対するリカルドの態度を見て、褒めておいた方が自分の好感度が上がると判断したのだろう。けれどもリカルドは彼女の予想とは異なり、喜びを見せなかった。

「そうですか……ええ、そうでしょう」

口では同意しているはずなのに、表情は奇妙にひきつっている。笑うのを失敗したような顔だった。

「リカルド様？」

「何でしょう」

しかしハーシー様が心配して声をかけても何も答えなかった。自分で気づいていないのかもしれない。追及しようとするも二人が別の話を始めたため、理由を聞くことはできなかった。

一見会話は弾んでいたが、私の目にはリカルドが少々憂鬱(ゆううつ)であるようにも感じられる。

しばらく話していたが、窓の外を見てリカルドが切り出した。

「大分話し込んでしまいましたね。お引き止めして申しわけありません。お見送りいたしましょう」

「あら、残念ですわ。せっかく楽しいところでしたのに」

リカルドと少しでも長くいたいらしいハーシー様を、二人で玄関まで見送る。馬車に乗り込んだ後も窓から熱い視線を送っていた彼女の姿が遠ざかり見えなくなってから、私はリカルドに話しかけた。

「ふふ、本当に女性らしい可愛い方です。私がリカルドの養子になるとお思いらしいですよ」

「まさか、そう仰ったのですか?」

「いいえ。けれど誤解をさせるようなことは言いました」

「だからあのような振る舞いだったのですか」

リカルドは納得すると、晴れやかな様子に変化する。てっきり苦々しい顔をされると予想していた私は、妙に明るくなったリカルドを不思議に思う。

私が彼の養子になると思われて嬉しくはないだろうに。それとも、私がハーシー様と仲良くなった様子がそんなに気に食わなかったのか。

いや、リカルド自身が連れてきたのだから、それはないだろう。

結局彼の機嫌の変化についてはよく分からないままだった。しかしお咎めなしということに満足し、それをリカルドに聞くことは忘れてしまった。

*

今日はハーシー様が用事で来られないとのことで、自習の日になった。

そのため最も苦手としているものに取り組んでいたのだが……これはなかなか手間取りそうである。

リカルドが忙しい合間を縫って私に指導してくれている。その期待に応えたいと思うのだが、熱意が空回りするばかりだ。

アルフレドは壁際に立ち、私の下手さに堪えきれず笑っていた。傭兵だと知る前にはなかった、簡素だがしっかりとした剣が一振り腰から下がっている。

剣を持たずにどのように私を守るつもりだったのかと聞いた時、その服の下から夥しい数の小振りの刃物が出てきた時は驚いたものだが、おそらく今でもそれはそのままなのだろう。

奇妙な動きをする私にアルフレドは黙っていることができず、笑いながら言った。

「意外です。今のお姿からは、戦場を駆け抜けた姿が想像できません」

「……後方支援が任務だったから、ということにしておきましょう」

身体能力を上げる魔術はあるが非常事態でもない……たかがダンスで使ってしまったら魔術にとても申しわけない。そんな邪道な手段は使わず、自分の努力で克服したいところだ。

私を笑うアルフレドはどうなのかと問い詰めたが、見ていただけなのに私よりもよほど上手く踊ってみせた。元々体の使い方をよく知っている人に聞いてはいけなかったか。

腕を上げ、背筋を伸ばす姿勢を維持するのはまだいいが、相手をリードするのはもうお手上げである。女性型ならもう少し簡単だったとは思うが、今の私に必要なのは男性型の踊り方だ。

余りにぎこちない私の動きにリカルドが見かねて言ってきた。

「私が一度ハルカ様と踊ってみましょうか。体格差もありますし、失礼ですが女性型をお願いいたします」

「そうですね、分かりました」

接近され自然な動作で手をとられると、もう片方の腕が私の腰に回された。凹凸のある手や鍛えられた筋肉が否応にも触れたところから伝わってしまい、普段女を捨てている私ですら胸がざわめいてしまった。

比較して薄っぺらい私の体が子供のようで余りに貧相に思える。

相手が真面目に指導してくれているのに、私がそのように浮ついていては駄目だろうと自分を抑えた。

「顔はもう少し上を向いて」

「はい」

このくらいだろうかと探りながら、相手の肩まで目線を上げた。

「では、私の動きに合わせて下さい」

「はい」

最初はゆっくりと。次第にテンポを上げながら。

耳元からリカルドのリズムをとる声が聞こえる。足捌きが複雑になると絡まり転びかける回数も増えてきた。

その度にリカルドがバランスを崩した私の体を、腕力でもって助けあげる。

リカルドと同じように女性をリードしなければならないなら、補助のために腕力も鍛えなければ駄目だろう。この時リカルドがかなりの上級者だとは知らなかった私は、道の遠さに目眩がしそうだった。

「もっと体の力を抜いて、楽にして大丈夫ですよ」

「そうは言いましても……」

なかなか難しい。緊張しているのは自覚しているが、どの部分の力を抜けばいいのかよく分からない。

腰か？　足か？　手の先か？

そしてとうとう足がもつれ、私は彼の足を思いっきり踏みつけてしまった。

「すみません！」

かなりの体重をかけて踏んだため、痛いだろうと慌ててリカルドに謝罪する。

しかしリカルドは痛さを微塵も表に出さずに唇で弧を描き、さらりと受け答えした。

「小鳥がとまったのかと思いましたよ」

この言葉に私は耐えきれず、彼を突き放すようにして距離をとってしまった。言われ慣れない言葉に拒絶反応を起こしたと言っていい。

リカルドの余りの色男ぶりに色々と限界を感じた。彼の相手を平常心で務めることも難しいし、また彼のように自分が振る舞えるとも思えない。

歯の浮くような台詞とはよく言うが、似合う人が言えばこれほどの威力があるとは！

「無理です！　本当に男性は皆そのように振る舞うのですか？」

彼のような男前ならともかく、私が実行したところで失笑されるだけではなかろうか。戦場で顔見知りになった軍人たちとも会う予定があるので、今更魔法で男前に変わることもできない。

笑われる自分の姿を思い描き暗くなる私に、リカルドが苦笑いしながら言った。

「私と全く同じにできなくとも大丈夫ですよ。踊りもハルカ様が嗜んでこられたとは皆思っていませんし、音楽に合わせてある程度リズムをとれるのならば問題ないでしょう。それに傍から私が離れることはありません。何かあれば私が相手を引き受けます」

本番ではその言葉に甘えさせていただこう。

それにしても、本当にリカルドは女性の扱いが上手というか、慣れていた。先ほどの言葉も大抵の男性が言ったのなら女性に鼻で笑われるだろうが、リカルドが言えば女性も顔を赤らめて恥じらうに違いない。

これは間違いなく本人の自覚の有無にかかわらず何人も陰で泣かせている。男性であるなら誇らしいことかもしれないが、女性の自分としては複雑な心境だ。

「リカルドは……人を気分良くさせるのが上手ですね。思わず、口説かれているのかと錯覚してしまいました」

軽口に等しい、彼ならばさらりと受け流すだろうと思って言った言葉であった。

けれどもリカルドは思ってもみないことを言われたと驚き、羞恥で陶器のような白い頬を赤く染め上げた。

「くど……っ、そんなつもりは！」

慌てて弁明する彼の様子は明らかに戸惑いに満ちている。勝手に人を誑かすのが上手な人間だと判断してしまっていたが、早合点だったか。

「私は単に、」

言いかけるが上手い言いわけが思いつかなかったらしい、口ごもってしまったリカルドは額に手を当て首を横に振った。

「……すみません、失礼します」

リカルドは顔をまだ薄紅色にしたまま逃げるように足早に部屋を後にした。残された私とアルフレドは顔を見合わせる。

「思った以上に純粋、なのでしょうか」

私の言葉に何か言いたげなアルフレドだったが、雇い主を慮ったのだろう。一言だけにとどまった。

「……一概にそうとは言えないと思いますけどもね」

*

朝起きた瞬間、これはまずいことになったと理解した。

瞼を開いて手を天井に伸ばしゆっくり開閉させてみれば、頭の指示よりも遅く緩慢とした動きだった。体も随分と重く感じる。

間違いない、風邪である。

よりにもよってこの忙しい時期に、と胸中で悪態をつき、倦怠感を吹き飛ばすようにベッドから飛び起きた。

鏡を見れば存外顔色は変わらない。よくよく見れば多少の赤みはあるかもしれないが、かえって健康的に見えるぐらいだった。これならば大したことはなさそうである。

私は自分の体調をそう判断し、問題ないとみなして周りには黙っていることに決めた。

今は人生で最も気を張らねばならない時である。多少の無理はして当然だと思った。

用意された服に袖を通し、朝の支度を終えるとファレリーさんが数度のノックの後に入室してきた。

「おはようございます」

「おはよう」

互いに挨拶を済ませる。どうやらファレリーさんは私の体調に全く気づかないようだった。

「今日のご予定の確認を」

「特に変更はありません」

確か今日はハーシー様が来て下さることになっている。いつもの授業であるならば、この体調も隠し通せると判断した。

「畏まりました」

ファレリーさんが一礼すると同時に、再び扉を叩く音がした。

アルフレドは入室するなり、私を見て顔を歪めた。

「風邪ですか」

一瞬で看破されたことに驚きを隠せない。困惑するファレリーさんが目を見開いて、アルフレドと絶句する私を交互に見る。

「ハルカ様、お風邪だったのですか？」

首を傾げながらファレリーさんは私の顔を見るが、確証を持てないようだった。

このように、普通の人には分からない程度の変化である。恐るべきは一流の傭兵の観察眼だった。

「今日は一日休んでいただきます」

一刀両断するような声で、容赦なくアルフレドは指示を出した。

「ファレリー、ブリジスティン様に知らせを。準備を始めているかもしれません。なるべく早く伝えねば失礼です」

「は、はい」

追い出すように彼女を行かせた後、アルフレドは私と向き合った。

その顔に浮かぶのは、どうやってこの頑固者を納得させようかという感情だった。失礼な。

「アルフレド。ファレリーさんを戻して下さい。予定を変更するほどのことはありません」

「そんな赤い顔をして、説得力のないことを言わないで下さい」

「ファレリーさんは何にも気づきませんでしたよ。大したことはありません」

大げさすぎると私は笑う。今はその程度のことに構っている暇はないのだと。

「一体何をもって大したことがないと言えるんでしょう」

アルフレドは大きな溜息(ためいき)をついて、苛立(いらだ)ちを滲(にじ)ませた。向けられる眼光は鋭く、言い募ろうとする意志を私から奪いさるほどのものだった。

大きな力強い手で手首が摑(つか)まれる。

強く引いても決して外れないその力の強さに、さすが傭兵だと思わされる。左右に振ろうが、上下に振ろうがびくともしない。逃がさないとの意志を強く感じた。

「大人しくお休み下さい」

そういって私を寝台の横まで半ば引きずるようにして連れていく。

そして、唐突に腕は放された。

「わ、」

私はその反動とふらつきで思わずベッドの上に倒れ込む。

この程度で自分の体を支えられなかったことに、少なからず衝撃を受けた。ようやく自分が思いの外、体調が悪いのだと自覚する。

これでは怒られて当然である。

一方アルフレドも、まさか私がそこまで虚弱な反応を見せるとは思っていなかったようで、まじまじと放した自分の手を見つめていた。小さく呟かれた言葉は、聞き間違いでなければ「脆い」の一言だったように思う。

その思いがけないアルフレドの驚きの表情に、私は急に罪悪感が湧き起こった。

この人も、こんな無防備な顔をするのか。

「ごめんなさい」

「いえ」

アルフレドは一度目を瞑り、自分の意志で気分を切り替えたようだった。

ベッドの上に転がる私に視線を合わせて一体何をするのかと思えば、覗き込むように顔を近づけてきた。

「失礼します」

ぼんやりと眺めているうちに、アルフレドの顔が視界いっぱいに広がっていく。

この人の目は、どれだけの悲しみを見てきたのだろう。そしてどんな思いで戦地に身を置くのか。

解明しようとしてじっと覗いてみたが、いくらも分からない。不思議とアルフレドも私の目の奥の何かを読み取ろうとしているように思えた。

やがて額同士が触れ合う。伝わる体温が冷たく心地良い。猫のように瞼を閉じてみる。

「酷い熱だ」

なるほど、私の熱を測ったのか。浮ついた思考で納得した。

アルフレドは額を遠ざけると、呆れるでもなく、静かな語調で話した。

「焦りは大きな失敗を呼び込みます。今はゆっくりと体調を整えて下さい。たった数日の勉学で教養が身につくのならば、この世に無学故に搾取される民など存在しませんよ」

全くもって道理である。

諭すように、笑みを浮かべてそう言われてしまえば受け入れるしかなかった。大人しく上掛けを被った私に、アルフレドは少し安心した顔をした。

本当に彼は忠実な傭兵であった。

再び扉が叩かれたので、入室の許可を出す。現れたリカルドを見てアルフレドは表情を消し、場所を譲るように壁際へと身を寄せた。朝の支度を終えているリカルドの姿はいつも通り輝かしいが、その顔はまるで幼子のような不安な表情だった。

リカルドは早足で近づきベッドの脇に膝をつけると、私に視線を合わせる。

「体調が優れないとお聞きしました」

真面目な顔に、ここにも心配性の人がいたと少しおかしく思う。大げさすぎるのだ。私は彼らの深刻さを否定するように軽く笑った。

「ええ。でもこの通り元気です。アルフレドに説得されましたので今日は大人しくしているつもりですが、大事ではありませんよ」

笑う私と対照的にリカルドはますます翳りを帯びた表情になり、恭しく私の手をとって自分の額へと当てた。

「どうか侮らないで下さい。私は病に対して、余りに無力なのです」

それは祈るような仕草に似ていた。目を閉じて、存在を確かめるように私の手を自分の肌で確かめている。

「ハルカ様の最近のご無理に気づいていながら、このような事態を招いてしまったこと、私の力不足です」

「それは、私のせいで……」

「いいえ！　間違いなく、私の罪なのです」

リカルドは懺悔するように呻く。私はそれを止めることなく彫像のようにただ、聞いていることしかできない。

「他の何にも代えがたい方であるのに、周囲のことに目が眩んで一番大切なものを見失っていました。ハルカ様さえ息災であるならば、本来それ以外のことはどうでもいいのです」

その告白は私に改めて自分の立場を自覚させた。自分の身体に対し、他人からこれほど心を砕かれたことはない。

自分自身よりも自分を見つめ、依存してくる存在は、私という人間が誰であるかを常に問いかける。

私は彼の主人であるのだと。あの時の誓いの重さを感じさせた。

どのような言葉をかければいいのか私が考えているうちに、リカルドは何かを言うべきか迷っているようだった。

しばらくして意を決したように静かに私に告げた。その言葉を使わなければ私に伝わらないと考えたのだろう。

そしてそれは正しかった。

「私の母は、そのような風邪をこじらせて亡くなりました」

私の脳天気な思考を、粉々に砕く一声だった。矢に射られたような衝撃だった。

この世界では、病はどんなに些細なものであっても死に神の仲間であったのだ。山の中で孤独に暮らしていた弊害で、戦場において怪我で死ぬ人は見ても、日常で病に倒れる人を見たことがなかった故の常識の欠如だった。間近で見た師の死因も老衰だった。

アルフレドとリカルドが、軽く考えすぎる私に不安を抱いたのも当然のことである。

リカルドはまるで子供のように、縋る目を向けてきていた。母との別離を思い出したのかもしれない。なんて顔をするのだろう。

ここまで感情を隠さず私に向けた人がいただろうか。

やっかいな。けれど、決して嫌ではない。

目の前の男の不完全さに、私は人知れず魅入られていた。彼に言うべき言葉は自然と分かった。まるで何者かにそう言わされているかのようだった。

「私は大丈夫です」

それは先ほどと同じ意味の言葉でしかなかったが、薄っぺらくはなかった。

彼らの心配の意味を理解し、暗い予感を吹き飛ばすための祈りを込めているからだった。

再度、揺らめく青い目を向けるリカルドにゆっくりと言い含める。

「大丈夫です。この通り今日はベッドの上から動きません。無理もしません。ですから、すぐに良くなります」

リカルドは目を閉じてその言葉を咀嚼した後、悪戯な笑みを浮かべた。

「……忘れませんよ」

彼はあどけない内面を隠すだけの自分を取り戻したらしかった。普段の調子のリカルドを見て、言葉を間違えなかったと安心する。

しかし今日は暇な一日になりそうだ。おそらく何をしてもアルフレドに止められる。

「そろそろ行かねばならない時間です」

告げられて見ると、確かにリカルドがいつも家を出る刻限である。

「気をつけて」

「ええ。ハルカ様こそ養生して下さい」

そう言うと踵（きびす）を返し、振り返ることもなくリカルドは部屋を出ていった。

私は無意識のうちにその姿に視線を奪われている自分に気づくことはなかった。

そして、アルフレドが複雑な表情で私を見ていることにも、同じく意識を向けることはなかった。

ゆるゆると思考が鈍くなっていく。熱に浮かされて、瞼（まぶた）は自然と閉じていった。

傍（そば）に誰かがいて心配してくれることが、懐かしい記憶を夢として呼び覚ます。

「あんたが体調悪くなったって連絡してくる時って、いつも大変になってからなんだから。もっと早くに頼りなさい」

そう言って高熱を出す私にお粥（かゆ）を作ってくれたのは、共働きで普段は家にいないお母さんだ。長い髪を後ろでまとめ、エプロンを着ている。

私はベッドからお母さんが机にお粥を置いてくれるのをぼんやり眺めていた。両親は家にいない時間が多くて、私は二人の手を煩わせることをしたくなかった。一人で時間を潰(つぶ)していたからか、何かあっても誰にも相談せず解決しようとする癖がついてしまっていた。

「ごめんなさい」

私の口元にスプーンでお粥を運びながら、お母さんは笑って言った。

「そういう時はありがとう、よ」

「うん」

口の中から温かさが染み渡っていく。お母さんがすぐ傍にいてくれる。なんて幸せな時間だろう。

いつまでも噛(か)みしめていれば、この時間は永遠になるだろうか。

「お母さん」

ああ、でも私はこれが夢だと気づいている。目が覚めればもう会えない。

こんな夢を見るのは、リカルドの話を聞いたからだろうか。

「ん？」

優しく笑うお母さんに、精一杯の笑顔を送った。

「ありがとう」

熱が下がったのはその日の晩のことである。

後から思えば、これが最後の休息日であった。

＊

人が寝静まり、月と獣しか起きていない時間帯のことである。

誰かの声が聞こえた気がして私は目を薄く開いた。

部屋の中は濃い闇の色しか見えず、窓の外もまだ暗く朝は遠いように思えたので、使用人達の目覚めた声ではないようだ。

寝ぼけた頭のまま呻き声などを漏らした気がしたが、定かではない。

しかし次の声で、私は上掛けを蹴(け)り上げ転がるようにベッドを飛び出した。

「不審者数名発見！　起きて下さい!!」

手元もおぼつかない暗さであったが、明かりを点(つ)けるのはこちらの居場所を教えるようなものだろうと躊躇(ためら)われた。

枕元にいつも置いていた小振りの剣を手探りで持ち、窓に向かって構える。

外からは剣戟(けんげき)の懐かしい音が聞こえ、他にいくつかの指示するような声も混じって届く。

この部屋の外壁は窓枠に道具でもかければ登れる構造になっていた。扉の方はリカルドが守るだろうと想定し、いち早く敵が来そうな窓に警戒を向けた。

そこまで考えてから魔術を自分に向けて唱える。練り上げられた魔力が筋繊維まで影響し、細いこの体の力以上のものを引き出すはずである。

先ほどの声はアルフレドに違いない。庭の方からだった。ならば敵がここにたどり着くまでの時間はあと少し。

小さな音が聞こえたので窓の外を矢を警戒しつつ覗くと、二人が鉤のついた縄のような道具で登ってきていた。

私のいる部屋まで調査済みか！

こちらの居場所が知られているのなら、隠れるよりも打って出た方が得策だろう。

部屋にあった重そうな置物を、窓を開け放ち侵入者の一人に落としてやった。蛙に似た声と大きな落下音が聞こえたので、一人はもう相手にしなくていいと思われる。

もう一人は縄を切って落とそうと考えたのだが、金属でも編み込んであるのかなかなか魔術で焼ききれない。

手間取るうちにとうとう部屋までたどり着かれてしまった。

片手で窓枠を掴み、もう一方の手で短剣を繰り出してきた。半歩下がってそれをかわしたが相手は部屋に完全に乗り込んでしまう。

暗がりに浮かび上がったのは、頭まで黒い装束で覆い隠した暗殺者の姿だった。互いに殺意の漲る視線を交わし合う。高ぶった興奮が私の脳内に唯一つの命令を下した。

殺される前に、殺せと。

構え直し持ち上げた剣は強化された腕力により木刀よりも数段軽く感じた。それを本来の重量と共に渾身の力で振るう。

小柄な私の攻撃に相手は片手でそれを払おうとしたが、予想以上の力に表情を変えすぐさま両手で柄を握った。

最初の一撃で致命傷を与えたかったのだけれども、仕方がない。

戦いが長引けば接近戦に慣れていない私の負けは確定している。相手がこちらの出方を窺っているうちに、奇抜な方法で勝ちを得るしか選択肢はないのだ。

下ろした私の剣と受け止めた相手の剣が鍔迫り合いとなってしまった。

力は私の方が勝っているらしい。けれども相手の必死の抵抗により均衡が保たれ、震える腕越しに睨み合った。

この状態から小手先の技でも出されたらたまらない。その前に行動を起こそうと、魔術を小声で唱える。

それを聞いた相手は大きく後ろに後退し、均衡が崩される。相手は体勢を立て直し、剣を再び鋭く向けてきた。

しかしそれこそ私の狙い通りである。その一瞬を見計らって、唱えておいた術を発動させた。

相手が息だけで驚きの声を上げたのが間近で聞こえる。

私を貫こうと突き出した凶刃が、突如として方向を変えたのだ。

まるで壁に向けて重力がかかったかのように剣が壁に引き寄せられていく。仕掛けは簡単で、電気磁石の魔術を壁際に置かれた動物を象（かたど）った置物に組み込んでおいたのである。

私は自由のきかない自分の剣を手放した。剣は置物に向かって滑るように引き寄せられる。

そしてその一瞬、目を奪われた相手の腹を容赦ない力で蹴り上げた。

「ぐぁっ！」

呻（うめ）き崩れるように床に倒れ込む。微動だにしなくなった様を見て、ようやく私は視線を逸（そ）らした。

窓には新たな来客があったので、伏している暗殺者の剣を奪い投げつける。まさにその時部屋に入ろうとしていた客は、よけきれずに胸板で剣を受け止めることとなった。

黒い影が刺された勢いのまま背中から落下していく。

後続が窓に現れないことを確認し、息を整えるだけの時間を得ることができた。

一見私が有利なようだが、体の強化を一時間も維持していれば再び療養生活に戻ってしまうに違いない。

何より他にも気がかりなことがある。

仮にも魔術師の殺害をもくろむのならば、数を揃えるか同じ魔術師を連れてくるのが常道だろう。一体そのどちらなのか。

荒々しい足音と共に、リカルドがドアを勢いよく開き駆け込んできた。寝間着ではなく剣を持っているところを見ると、今日のような夜を想定して備えていたのかもしれない。

紅潮した頬に飛び散る血が、既に戦ってきたことを示していた。

「ご無事ですか⁉」

「私は大丈夫です。貴方は？」

「問題ありません」

リカルドはどうやら怪我をした様子もなく、本人の言う通り心配しなくてもよさそうだった。無事な姿に安心した時、窓から明るい光が部屋の中を一瞬照らした。アルフレドの声が聞こえた方角である。

私は窓に駆け寄ると、暗殺者が使っていた道具を伝って勢いよく下に降りた。

「お待ち下さい！」

窓から身を乗り出したリカルドの声が上から聞こえたが、応えずに走り出した。

アルフレドが一人、魔術師と戦っている。

明かりなどなく本来暗いはずの庭で奇妙にその場所だけ明滅していたので、そこに向かって走り始めた。

しかし近づくにつれ明滅の間隔が長くなり、たどり着いた時には明かりは消えてしまった。暗闇だけが終わりなく続く。庭の草の上には黒服の男達が倒れている。数は七、八人ぐらいだろうか。短時間でこの人数を倒したとは、さすが傭兵を生業にしているだけある。

地面に伏した男達の中心でアルフレドは剣を構え、上空を見据えていた。私も彼の視線の先を追って空を見上げたが、星と月しか見えない。

「アルフレド？」

問いかけで私の存在に気づいたらしく、勢いよくこちらを振り向いた。

「伏せて下さい！」

その言葉に反応し、私は反射的にしゃがみ込んだ。

アルフレドは走り寄りながら、上から私に迫ってきていた炎の渦を剣で切り裂いた。どうやら空から魔術師が炎を放ってきていたらしい。あのまま立っていたら頭を焼かれるところだった。

「どうして来たんですか⁉」

アルフレドはそう言いながら私を立たせると、庭木の陰まで引っ張り共に姿を隠す。接近したため、彼の服がところどころ焦げているのが分かった。

「敵は？」

「粗方片づけました。残っているのは上を飛んでいる魔術師一人です……ところで、ハルカ様がどうしてここにいるんですか」

「加勢に来ました」

彼は呆れる余りに溜息を吐いた。

「敵方の標的が、わざわざ出てこないで下さい」

「すみません、でも魔術師と戦っているだろうと思いましたから」

魔術師には魔術師で。これは戦場で幾度も叩き込まれた常識だった。剣士一人では荷が重い。

「けれど……アルフレドも魔術師だったのですね」

魔術の炎を切った時、確かに剣には魔力が宿されていた。そうでなければ、あれほど綺麗(れい)に炎は切断できない。私は彼が戦場で幾度も魔術師を相手にしながら傭兵として名を残したわけに今更得心がいった。

「魔術師と名乗れるほどでもありません。どうも術の感覚を掴むのが苦手でして、剣の切れ味をよくするのが関の山ですよ。だから正直、加勢は助かります」

そう言って上空を見上げる。目を凝らしても暗い夜空しか見えない。

けれどそれは相手も同じらしく、的外れな場所に炎が降ってきた。

「魔術師はもう三十分以上滞空しています。これだけ長い間飛び続けられるのは、比翼機のような特殊な道具を使っているのでしょう。明かりさえあれば矢で射れるのですが」

比翼機とは、背負う形で身につける翼型の道具である。それによって風を操れる魔術師は長時間の飛行が可能なのだが、材料が稀少(きしょう)で高価なためあまり出回っていない代物だ。

「明かりなら私が点けます」

「上空まで照らせますか？」

「ええ。ただし、こちらも丸見えになりますが」

アルフレドは私を見ると好戦的に笑った。

「十分です。相手が私達に気づくよりも前に、倒せばいいだけのこと」

その笑みに好き好んで戦いに赴く類(たぐい)の理解不能な感情を垣間見(かいまみ)て、恐ろしさに首を竦(すく)めた。

傍にいる人間がそんな思いでいるとも知らず、アルフレドは地面に倒れた黒服の男から弓矢を回収すると空に向かってそれを構える。どれほどの力なのか分からないが、限界まで引かれた弦が緊張感のある音を鳴らした。

私は彼の目配せで、勢いよく光の魔術を打ち放つ。細い糸を引きながら上空まで達した拳大の光が、上空で一気に爆発した。

花火でも作ろうかと考えたこの術にこんな使い道があるなんて思ってもいなかったが、結果は十分だった。空を不格好に飛ぶ人の姿がくっきりと照らし出されたのである。どうやら木の陰に隠れている私達を捜すために高度を落としていたらしい。

アルフレドは口の端に堪えきれない勝者の笑みを浮かべ、限界まで引かれた弓から矢を勢いよく放った。

相手が私達を攻撃するよりも早く、狂いなく矢が肩を貫いた。

「ぁ、ぁ……！」

風に混じって魔術師の悲鳴が耳に届く。空はもう暗闇を取り戻していたが、魔術師が飛行不可能な状態であることは分かっている。

遠くで聞こえた落下音で大体の地点を予測した。さほど遠くはない。

ちょうどリカルドが私を追ってきたのが見える。その姿に向かって指示を飛ばした。

「リカルド！　魔術師が空から落ちて負傷しているはずです！　捕縛して下さい！」

リカルドはすぐにその内容を理解し、私が指さす方向へ鋭い視線を向ける。

「分かりました！」

そう一言叫ぶと、そのまま勢いよく駆けていった。日々訓練しているだけあって、気づけばもう姿が見えないほどの足の速さである。

「私達も行きましょう」

「はい」

私は自分の体力強化の魔術を解いてから後を追う。簡単なようでいて意外に燃費の悪い魔術は、早くも私に強い疲労感を訴えていた。

あの魔術師はあれだけ景気よく魔術を使っていた上に射られたのだから、怪我の痛みに気をとられ、もうまともな術は使えないだろう。それでも私が魔力を温存したのは第二波の敵が現れることを想定したからだ。

アルフレドを伴い、遅くなった足で私は走った。

＊

私達がリカルドに追いついた時、彼は課せられた仕事を全て終えていた。

先ほどまで上空にいたと思われる魔術師は目元だけ出した黒ずくめの格好で、見た目は他の侵入者と違いはない。

背中の比翼機は既にリカルドによって遠くに投げられ、身動きできぬよう背中から押さえつけられていた。舌を噛まないようにつけられた猿ぐつわからは、くぐもった呻き声が漏れている。右足が途中から奇妙な方向に曲がっているので、骨折しているのが傍目にも分かった。

冷え冷えとした目でリカルドが魔術師を見下ろしている。

「いかがいたしましょう」

リカルドとアルフレドは私に決断を求めた。従者と、従者に雇われた者が主人の判断を仰ぐのは当然である。しかしそれは少々気が重いことだった。生かすか、殺すか。絶対者として、命運は私によってたやすく左右される。

「顔立ちも、髪の色も、我が国民によく似ておりますが……比翼機はヘリオット製です」

私が返答を迷う間にもリカルドは冷静に彼を観察している。

ヘリオットの者だろうか、それともそのように見せかけた別の国の者かもしれない。

魔術師は手負いの獣のように鋭い目で私だけを睨みつけている。

「猿ぐつわを外してやって下さい」

「……危険では？」

敵意に溢れた彼の一部を解放することにアルフレドが躊躇した。

猿ぐつわを外し、舌を自分で嚙みきるならそれも構わない。術を唱えようとしても、この距離であれば防げるだろう。確かに若干の危険があるのは分かっている。しかしそれよりも何を私に言ってくるかが聞きたかった。

「外して下さい」

再度言うと、アルフレドが固く結ばれた猿ぐつわを解いた。しかし男は口が自由になったにもかかわらず地面に縫い止められたまま何も言おうとしない。

「どこの者だ」

背中から問いかけるリカルドに答えようとせず、私を睨み続けている。

「どこから来た」

やはり何も言おうとしない。変わらない状況にアルフレドが提案した。

「吐かせましょうか。いくつかその類の術を知っています」

小振りの刃物を懐から出し、脅すように手で遊ばせる。魔術師の顔色が若干悪くなった。

「いいえ、その必要はありません」

私ははっきりとそれを断った。人を殺さなければならないことはもう自分の中で納得しているが、人を汚すことはその覚悟の外である。

命こそが最上と思う者からすれば、一体何を言うのかと蔑むだろう。けれど私は人を踏みにじることの方が、殺すことよりもよほど人から外れた行為だと思えるのだ。

自分の意志でそれを行うのは、はばかられる。しかし生かしておいたところで、失敗した彼が長生きできるとは考えにくいが。

「……情けをかけたつもりか」

ようやく魔術師が口を開いた。聞いただけで肌が切れそうなほど憎しみの籠もったおどろおどろしい声だった。

「貴方がそう思うのなら、そうなのかもしれませんね」

私が単にそういった行為が嫌いなだけなのだが、わざわざ説明するのも無駄である。しかし私の受け答えが気に入らなかったらしい魔術師は、噛みつくように叫んだ。

「ふざけるな！　今更取り繕ったところで、貴様の手は血に染まっている。同胞の赤き血で！」

やはりヘリオットの者だったか。今の一声で何者かがはっきりした。

「馬鹿にするなよ悪魔！　誰も、彼も、皆殺したくせに、情けだと？」

彼の脳裏に浮かんだのは、よく知る一人一人の面影だったのだろうか。

言葉でもって私を傷つけようとするかの如く、呪う言葉を吐きかける。

「殺してやる殺してやる殺してやるっ！　体を千に刻み、その眼球を抉りだす！　二度と人に生まれようなどと思えなくして殺してやる！」

唾を散らし目を血走らせ激昂する男の言葉を、私は異様なほど冷静に受け止めた。悪夢の中で何度も罵られる自分を目にしてきた。それがただ現実になっただけのこと。

それよりも、彼の処遇が私の中で決まってしまった。

「リカルド……殺して下さい」

「承知致しました」

私の命に従い、リカルドが素早く両腕を魔術師の後頭部と顎に添える。そのまま力を込めて首を捻ると、鈍い音がして二度と魔術師は口を開かなくなった。

感情に任せて余計なことを口走るから私は殺すほかなくなってしまった。理性的に話してくれるなら捕虜として国に引き渡そうと思っていた。そうすれば生き残れる可能性はあったろうに。

国からの命令だったから、あるいは雇われたからという理由以外に、私を殺す意志があるのなら容赦しない。恨み憎しみを抱いている人間は何度も私の命を狙うだろうから。

久しぶりに、自分が殺した人の亡骸を見る。

戦場に駆り出された当初は夜も眠れないほど怯え、蘇るのではないかと妄想に取りつかれもしたが、それも昔の話である。

一生抱えるであろう悲しみと罪悪感から逃げることはもはやない。飽きるほど見慣れ、仕方のないことなのだと受け入れきってしまった自分がいた。

なぜならば私は殺されるわけにはいかない。生きなければならない。

強い意志で顔を上げ前を見ると、魔術師の死を確かめていたリカルドに告げた。

「そろそろ動くべき時ですね」

このまま現状を維持しても、おそらく第二第三の刺客が送り込まれるだけだろう。

ならば、こちらから打って出る。

「はい。支度は済んでおります」

「ではそのように」

私は獅子の皮を被れるだろうか。これから先の予想は全くできない。

険しい道になることだけが確かだった。

5

馬車に揺られる中で私は緊張を隠せず、窓の外やリカルドの顔を無意味に何度も見たりしていた。今身に纏っているのはいつもの暗いローブではなく、魔術師の華やかな正装だ。詰め襟に丈の長い上着という体を隠すことを主体とした服に、独特の紋様が描かれている。繊細な刺繍が全体に施されているため、他者の目を引くだろう。

軍人としての正装もできるのだが、魔術師としての私を強調したいという思惑からあえて魔術師らしい服を選んだのである。

一方リカルドは騎士の正装である。騎士にのみ許されている剣をモチーフとした階級章が暗闇でも輝いて見えた。

向かう先は公爵であるエイガーベル家が主催する夜会会場。三男の誕生会という名目だが、戦場から帰還したエイガーベル家の関係者の無事を祝う意味も込められている会だ。

それ故に公爵家と親しい人だけでなく、軍事関係者が多く集うはずである。戦死者の遺族に配慮して表立ってはいないものの暗黙の了解であった。

『英雄』が世に出る一歩としてリカルドが用意してくれた、おそらく最適の場だろう。公爵の知人に顔を売ることができる上、私の顔を知っている軍人も出席しているに違いない。

しかし窓の外で過ぎていく石畳の道はその会場へと向かってはいない。その前にまず、今宵のお相手を迎えに行かなければ。

「……相手の方は、本当に私でいいと言って下さっているのですよね？」

不安になり土壇場になって確認せずにはいられない私を、安心させるようにリカルドは頷いた。

「ええ。間違いなく。セラフィーナ嬢は曲がったことが嫌いな方ですから、一度了承したことは必ず実行してくれるでしょう」

ソールズパラ侯爵家の紅一点。四人の兄を持つ末の娘は十六歳と若いながらも既に社交界でも評判の美しさらしい。家族構成から考えて、溺愛されているに違いない。

そんな方が自分のようなどこから来たかも分からない怪しい人間のパートナーを務めてくれるとは、奇跡に近いだろう。

大きな門を通過し、敷地内を馬車が速度を落として進む。屋敷が近づいたところで家人が馬車を先導した。

「着きましたね。ああ、外で待っていて下さったようです」

リカルドの視線の先を辿ると、大きな扉の前に佇む二人の女性に行き着いた。

銀に近いほど色の薄い金髪を持つ落ち着いた雰囲気の女性は、リカルドの相手役を務めて下さる予定のハンナ・ハイアレイ伯爵令嬢だろう。

その隣に佇む少女に私は目を奪われた。

艶やかに結い上げられた金髪は少女の華奢な首筋を際だたせ、意志の強さを窺わせる目は青く宝石のように輝いている。温かみを感じさせる極めて薄い薄橙色で彩られた肌の上に、完璧な形の瑞々しい唇が不敵に笑っていた。その姿形に欠点などは露ほども見あたらず、美しいという言葉が自然と頭に浮かんだ。

この方がセラフィーナ嬢。聞きしに勝る華である。あと数年もすれば、いや、今の時点でさえ、浮かべる笑み一つで哀れな男性を虜にしてしまうに違いない。

馬車を降りた私は二人に近寄り挨拶した。

「初めましてソールズパラ様、ハイアレイ様。ハルカ・グラークと申します。今夜はよろしくお願い致します」

「初めましてハルカ様。今夜のお相手をして下さる方に、家名で呼ばれるのは堅苦しいですわ。セラフィとお呼びになって」

「ハルカ様初めまして。私もハンナとお呼び下さい」

セラフィーナ嬢の意志の強い目と、ハンナ嬢の淡い微笑み(ほほえ)に勝てる者などいない。逆らうことも考えず、私は早々に白旗を上げることにした。

「分かりました。ではセラフィさん、ハンナさんと呼ばせていただきます。私のこともどうか気軽に名前でお呼び下さい」

「分かりましたわ」

セラフィさんは満足そうに頷いた。リカルドも二人と言葉を交わし、夜会の相手をして下さることへの礼を述べる。何度も会っている親しい仲なのだろう。会話から気安い雰囲気を感じた。

ここからはリカルドとハンナさんは別の馬車に乗り込み、二台で会場へと向かうことになった。馬車が走り出すと、狭い車内で密着して座るセラフィさんが嬉(うれ)しそうに私に話しかけてきた。

「ずっとお会いしたかったですわ。私の三番目の兄もハルカさんと同じ場所で戦っていましたの」

「そうでしたか」

「ええ。今夜のお相手の話、提案こそリカルドさんからしていただきましたが、私から願ったようなものですわ」

初めて聞く話である。しかし、これで彼女が私の相手役を引き受けてくれた理由が分かった。

「女性であるが故に兄と共に国のために戦うことも許されず、祈るばかりの日々でしたわ。男性であれば、剣をもって戦えたでしょうに」

この美しさを備えながら、彼女は雄々しい心を持っているのだ。

悔しさの滲む顔を見て、彼女が男性で生まれてきたのなら軍人として成功したに違いないと確信した。

「セラフィさんが男性として生まれてきていたなら、私はセラフィさんの部下になりたいと願ったでしょう。優秀な軍人に違いないでしょうから」

セラフィさんは大きな目をさらに見開いて驚いた。

「まあ。ハルカさんはそのように言って下さるのね。ですから……今回のこと、本当に嬉しい。戦場に行けぬ私にも戦える場所が与えられたのですから」

獅子のようにセラフィさんは笑う。彼女は私が名乗り出ることの影響を正しく理解しているのだろう。私が名乗り出ることで得られる利益も、貶められることになった時の不利益も。

「私を、そのように素直に信じてしまってよいのですか?」

「ブラムディ卿を信じる私を信じておりますもの。ハルカ様も今日お会いして信用に値する方とお見受けいたしました。人を見る目には自信がありますわ。それに……我が家は私が騙されたくらいで揺らぐほど浅い歴史を持ってはおりません」

そう言いきるのは、きっと私の不安を全て見通しているからだろう。私よりずっと年下であるはずなのに、この強さといったら見事というほかない。

ああ、どうしてこうも、美しい。私は短時間のうちにすっかり彼女の信奉者の一人になってしまった。

「セラフィーナさん。今宵貴女が共にいて下さることに感謝致します」

私は大輪の花を手に入れた。そしてその花は、花弁の下に剣を持っているのだ。

*

馬が街中を行儀よく蹄の音を響かせながら馬車を引いて走っている。乗っているのは夜会に向かうアグネスタ家の伯爵ブライアンと息子である僕、ライダールだ。

恰幅のいい父と同じ馬車に乗っているため、かなり狭く感じる。さらに、父の口数が少なく空気が重いのは父なりに怒っているからだ。僕は仕方なく無言を貫きながら、窓の外の流れる景色を眺めていた。

しかし僕は行動したこと自体に後悔はしていない。ただ、ずっと考えている。

英雄譚を昔から好んでいた。苦難を超えたその人は栄誉を受け取り、周りに溢れるのは熱狂的に讃える人の群れ。最後はいつもそれで終わる。

鋼の心を持つ強い人であった。迷う人を救う光のような人であった。あらゆる描写を用いて表現され、幼心に強い憧憬を抱いた。

どんな障害を乗り越えても、物語と同じように讃えられた英雄に師事するつもりだったのに。

不思議なことに僕の心は、あの一人の不思議な使用人の言葉に揺さぶられている。

僕は……何になりたいのだろう。目標は決まっている。英雄になりたい。

では、ヘダリオンの英雄の下で一体何を学ぶつもりだったのか。

偉大な師の下にいれば自然と自分も素晴らしい人に変われると、素直に信じていた自分の中に疑問が生じている。

きっとその人は特別なことをしていて、特別なことを知っていて、傍にいれば自分も特別になれると。

本当に？

ぽつりと浮かんだその思いが、じくじくと自分の心の領域を蝕んで広がっている。

「ライダール」

父が僕に話しかけた。その目は鋭く、まだ息子を許していないことを物語っていた。

「今日の夜会でブラムディ卿にお前が何をすべきか。分かっているな？」

「分かってる。謝ればいいんだろ」

確か彼の父は伯爵だったはずだ。我が家と同じ爵位をいただいているが、ブラムディ卿自身は父親と不仲である。僕と父が揃って謝罪するのだ。許すに決まっている。

そんな僕の投げやりな態度に、父は怒気を帯びた顔つきで忠告した。

「ブラムディ卿の前で絶対にそんな態度をとるなよ」

「どうしてそんなに気を遣うのさ。相手は騎士なのに」

「……彼は近衛騎士の時、ローレンシア姫に最も近かった。容姿だけが理由かは分からんが、それは無視できん事実だ。商取引の手腕も侮れない。最近優れた技術者をどこからか連れてきて、業績を伸ばしている。優れた剣の腕もある。いくら疎んでいるといっても、このまま力をつければ彼の父も考えを変えるしかなくなるだろう」

押し黙るしかなかった。将来の伯爵となるなら、確かに僕のしたことはまずかったかもしれない。そして最後に父は非常に情けない声で付け足した。

「それに……エミリーが怒るんだよ。彼に憧れているらしいが、困ったものだ」

予想外のところで出てきた気の強い姉の名前と、振り回された後であろう父の哀れさに僕はブラムディ卿に謝罪することを受け入れた。

しばらくして着いた夜会会場は既に招待客でいっぱいだった。きらびやかな明かりと、豪奢な会場の様子は外とは全く異なる雰囲気に包まれている。父と僕は大理石の床の上を歩き回り顔見知りに挨拶をした後、入り口周辺が見える窓際で主役が現れるのを待つ。

僕が最も嫌いな退屈な時間である。普段通りに人間観察をして暇を潰していると、いつもとは違う奇妙なことが起こった。

ざわめいていた人の声がどこからか次々と静まったのだ。

唐突に始まったその静寂はゆっくりと波紋のように会場を飲み込んでいく。

先ほどまで遠慮なく大きな声で話していた人も、今は知人と何かを確認するように小声で囁き合っている。その表情は……驚きだろうか。

「どうしたんだろう」

招待されていない人が入り口で無理に押し入ろうとしているのだろうか。時折そうした問題が起きることがある。

しかし余りにも変化した周囲の様子に、僕も怖いもの見たさで原因を探ろうと辺りを見渡す。

「お前の予想が当たったたな」

隣にいる僕にしか聞こえない声で、父が言った。

予想？　一体何のことだ。

その視線の先を追う。いたのは今日の僕らの目的であるブラムディ卿と相手役らしき女性。眉目秀麗な姿から彼に注目が集まるのはいつも通りのことだった。

しかし今はその隣に立つ小柄な人物に、この会場の誰もが視線を奪われている。

この場所からは顔がよく見えず、少年であることしか分からない。

身に纏うのは魔術師の正装であり、緻密な紋様はそれぞれの魔術師の特性を表す。

彼の紋様の種類は炎楽華紋。炎にも華にも見えるその紋様の意味するところは、炎と命。

僕はその紋様を負うのに最もふさわしい人物を思い浮かべ、自分の動悸が激しくなるのを感じた。

同時にこの異様な静けさの理由も悟った。皆、同じ人物を思い浮かべているに違いない。

やはり、ブラムディ卿の元にいたのである！　父の言った予想とはそのことか。

急激に興奮する自分がいた。あの憧れの、英雄が、目の前に！

目を凝らして必死でその人の行動を見逃すまいと記憶した。この貴重な邂逅(かいこう)を一瞬たりとも無駄にするものかと、全ての感覚を集中させた。

想像よりも背は小さく、体格に恵まれていないようだった。

その反面で想像通りに、自信に満ちた歩き方で人の視線を平然と受けて進んでいた。

魔術師が近づいてくる。顔を認識できる距離に来て、僕は思わず小さく叫んだ。

「ぁ、……っ！」

その顔は間違いなく、僕に問いかけてきたあの使用人と同じだったのだ！

僕はその事実に気づくと顔が真っ赤になるのを自覚する。

そうか、そうだったのか。彼こそ、彼(か)の人だったのか！

よりにもよって、本人の前であの失態とは。なんてことだろう！

僕は師事したいと望みながら、その方が目の前にいると気づきもせず忠告を受けていたのか。過去の自分を消し去りたいほど恥ずかしい。

背筋をまっすぐに伸ばした落ち着いた様子は、使用人の振りをしていたあの時とは異なり堂々としていた。隣に立つセラフィーナ・ドレアグム・ソールズパラ嬢は僕と同世代でありながら気位が高く、その美しさと共に社交界で度々人々の口に上るが、今は貞淑な妻のように彼に付き従っている。

彼女の目に映るのは尊敬の念だ。セラフィーナ嬢が隣に立つような人物ならば絶対に間違いはない。

「ライダール」

様子のおかしい僕に父が声をかけた。けれど、色々自覚した今、憧れていた人の前に出るのは非常に困難なこととなった。羞恥（しゅうち）のために足を動かせないでいる間に、視線を向けるだけで動かなかった人々の中から幾人かの青年が足早に駆け寄っていった。

「お父様。僕は……」

口に出すのもはばかられる余りの失態に、父に何か説明しようとしたが失敗した。

壁際に寄りかかり顔の赤みを誤魔化そうと俯（うつむ）いたが、意識は全て少年魔術師と、駆け寄った青年達へと向かってしまう。

見れば青年の一人は右腕が義手らしく、ぎこちない動きをしていた。

軍服を着た別の青年は堪（こら）えきれず目頭を押さえていた。

話している内容までは聞こえないが、その喜びは見ている自分にも伝わるほどだった。

そうか、彼らは助けられた者なのだ。

青年達に囲まれて彼らを見上げる少年は、穏やかに彼らの無事を共に喜んでいる。そこには熱狂も、光のような特別な力強さも存在しない。

ただ救った者と救われた者がいて、その関係を踏みにじることなく誰しもが讃えている。間違いなく彼らにとっての、英雄。

僕はその言葉の意味する重みさえ、知らなかった自分に気がつかされた。

どうして何も知らない僕が傍にいられると、自惚れることができたのだろう。

あの方は今青年達に囲まれ、他の人は遠巻きに、けれどその様子を目を離すことなく観察している。僕はその他の人達の中の、ただの一人に過ぎなかった。

しばらく父と二人人々の中に埋没していたが、言わなければいけない言葉と思いが自分の中に生まれてきた。

顔を上げる。まだ赤みは消えていないが、この無様な姿こそ今の僕の正しい姿である。

「お父様、行こう」

「そう、だな」

困惑する父を先導するように僕は彼らに近寄った。

僕と父の身分故か、青年達はこちらに気がつくとその方の隣を明け渡して人の中に消えていった。

邪魔するつもりなどなく話が終わるのを待つつもりであったのにと、申しわけなく思う。

……誰かを慮ることなどしたことがなかった自分を知っていたから、その感情に我ながら驚いた。

セラフィーナ嬢の鋭い目が進み出た僕を探るように見つめてきたが、今の僕には何も隠すことがない。

「こんばんは」

気がつけば、ブラムディ卿と名前も知らないその方に僕は自然と頭を下げていた。

「先日はご不快な思いをさせてしまい、申しわけありませんでした。己の浅慮を思い返しては恥じ入るばかりです。もう二度とあのような真似はいたしません」

僕が素直に謝罪しているのを見て、父は今がブラムディ卿の怒りを解く好機と考えたようだった。

「ブラムディ卿、この通り息子も反省しております。どうかお許しいただけないでしょうか」

父が許しを乞うたばかりに、誠心誠意を込めた謝辞がなんだか嘘のように感じられてしまった。

ブラムディ卿がその方に、どうするかと尋ねている。顔を上げられない僕に、その方は言った。

「頭を上げて下さい。実は私もライダール様に謝らなくてはならないことがありまして」

「え……？」

顔を上げると、無邪気な笑みと三本立てられた指が目に映った。

「一つ。ライダール様に名乗りを返さなかったこと。二つ。貴方の誤解を知っていて正さなかったこと。三つ。師事したい意志を知っていながら、答えを返さなかったこと。お許しいただけますでしょうか」

「それは……もちろんです」

自分は不法侵入者だったのだから、当然の反応だと思った。

「ありがとうございます。では、私もライダール様のことを許さぬわけには参りませんね。これで互いに水に流しましょう」

あっけらかんとした様子にこちらの方が拍子抜けしてしまう。いや違う、呑まれたのだ。

「私の名前はハルカ・グラークと申します。さて……ライダール様、三つ目の答えは今返すべきですか？」

笑みを崩さぬままグラーク様は僕に尋ねた。答えは聞くまでもなく自分で分かっていた。

「いえ」

「分かりました。このまま答えずにいましょう。目指す先が早く見つかることをお祈りいたします」

先ほどまで思い悩んでいた自分が確かにいたはずなのに、グラーク様と言葉を交わした後は不思議と胸が軽くなっていた。

僕はこの方を本当に好きになりかけているのに、傍にいることを許される可能性を自分で著しく低くしたことを残念に思う。

「さすが、英雄と名高い方でいらっしゃる。お心が広い！」

父が大げさに驚いて感激してみせる。あえて道化のように振る舞うことで相手との距離を短くしようとする時よくやる父の仕草だったが、今回は失敗だった。

今まで穏やかに成り行きを見守っていたセラフィーナ嬢が、父の反応を見て冷たい光を目に宿した。父の底の浅さを知られたに違いない。

「アグネスタ閣下。ご歓談中申しわけございませんが、ハルカ様をお借りしても？　友人に是非ハルカ様をご紹介したいのですわ」

「そうですか、またお時間があればお話ししたいものです」

「では機会があれば、また。セラフィさん、行きましょう」

グラーク様はセラフィーナ嬢とブラムディ卿と共に、人々の好奇の視線を集める中堂々と歩いて行った。

「やはりブラムディ卿は油断ならない。戦が始まるや早々に逃げ出すような役立たずの宮廷魔術師よりも、グラーク様一人軍に入れておけばどれほど士気が上がることか。今後彼に接触したい人物は自然とブラムディ卿にも近づくことになる」

父の悔しげな声が聞こえたが、そんな勘定をしてあからさまに距離を縮めようとするから賢いセラフィーナ嬢に避けられたのだと僕は思う。

彼が、あの少年が、あの魔術師が、あの人こそが。

ざわめく周囲の思惑などまるで意に介さず、炎と華を背負い彼はただ穏やかに笑っていた。

＊

人混みを避けて庭園の方に移動すると、ようやく周囲の目のない場所を見つけることができた。

リカルドが、私が一息つけるよう周りを見張ってくれている。大きく深呼吸すると、慣れない姿勢と緊張による体の強ばり(こわ)をようやく解くことができた。

「ああ、疲れる」

開口一番、口から出てしまった率直な感想にセラフィさんが微笑した。

「とても堂々としてご立派でしたわ。エイガーベル卿への挨拶もしっかりされていましたし、このような場に初めて出席されたとは誰も思わないでしょう」

「セラフィさんは私を喜ばせるのがお上手でいらっしゃる」

「私は本当にそう思っているんですの。社交界に慣れていない方は、思っていらっしゃる以上に分かりやすいものですから」

セラフィさんはそう言ってくれるが、本当は緊張して震えそうだった。私の心の支えとなったのは隣にいるセラフィさんとリカルドの存在だった。

私が何か失敗しそうになったら、彼らが素早く的確に助けてくれただけである。そして私はその安心感で辛うじて見栄を張るだけの気力を保つことができた。

「セラフィさんのおかげです。隣にいて下さったおかげで随分気が楽になりました。ありがとうございます」

「お礼を言われるほどのことはしておりませんわ」

セラフィさんはそう微笑んで謙遜するが、いくら感謝しても足りないぐらいだった。

冷たい夜風が興奮と緊張で火照った体に当たって心地いい。いつまでもここで休んでいたいが、そういうわけにもいかないだろう。

「しばらくしたら戻らなくてはなりませんね。……『みんなジャガイモ』もあてにはできませんし」

独り言として言ったのだが、不思議な響きの言葉に感じたらしいセラフィさんが首を傾げた。

「ジャガ……何のことですの？」

「野菜の名前です。心の中でその言葉を繰り返し唱えていると、周りにいる人が不思議とその野菜に見えてきて緊張しなくなるという他愛もないまじないです」

意味を理解したセラフィさんは口元を押さえ、小さな声で笑った。

「まあ、まあ！　ではハルカさんの目には、アグネスタ閣下も、エイガーベル卿もみんな野菜に映っていらしたのね！」

とても楽しいことを知ったとばかりに目を輝かせるセラフィさんは、広間での凛とした姿からは遠く普通の市井の少女のようだった。

調子に乗った私は人差し指を口元に当て、勿体ぶって付け加えた。

「これは大変な秘術です。決して誰にも言ってはなりませんよ」

「もちろん。誰にも言いませんわ！　誓って」

セラフィさんが身分の壁を作らず接して下さるので、私は年下の友人ができたようで嬉しく思った。二人で顔を寄せ、そんな些細なことで笑うととても気分がいい。

「こんな場所にいたのか。捜したぞ」

聞き慣れない男性の声が聞こえ、振り返ると今日の主役であるエイガーベル公爵家の三男がリカルドに話しかけていた。

「グラハムこそ、こんなところで油を売っていていいのか？」

エイガーベル卿と話すリカルドは普段より随分砕けた口調である。本人は交流があると言っていただけだったが、様子を見るに友人であるようだ。

身分の違いがあるにもかかわらず、若干の荒々しささえあるリカルドのエイガーベル卿への対応に驚く。

「二人は随分仲がいいのですね」

「ええ。騎士を目指されてその道に入ってからのお付き合いらしく、兄弟のように親しくされているそうですわ」

エイガーベル卿は日に焼けた浅黒い肌と緑がかった目を持つ青年だった。豹のような、あるいはしなやかな鋼のような。鍛え上げられた体からそんな印象を受ける。

「リカルドさんの昔話などお聞きになってはいかがかしら。気さくな方ですから、きっと喜んでお話しして下さるかと思いますわ」

「それはいい案ですね。私は彼のことを知っているかのように当たり前に傍におりますが、ほとんど何も知らないのです」

「お知りになりたいのなら、今からでも知ればよろしいのですわ」

「……そうですね」

風に紛れて会場の賑やかな声が耳に届く。ほんの少し離れただけなのに、ここは会場と違って随分薄暗く感じる。

「不思議なものです。あれだけきらびやかだったのに」

「あの場所は舞台の上ですもの」

はっきり言いきったセラフィさんの喩えは実に的確だと思った。

「皆それぞれの役を演じているだけの舞台ですわ。けれどその裏はこの国の全てに繋がっていく。見えぬ場所を見通せなければ、知らずのうちに喜劇や悲劇を演じさせられてしまうかもしれません。逆に全てを手の内で踊らせることもできるでしょう」

セラフィさんは何の感慨も込めず、淡々と事実だけを述べた。

「セラフィさんは演じる側と演じさせる側、どちらですか？」

「脚本すら自分の意志で変えさせる、とびきりの女優を目指しておりますの」

それなら既に達成しているように見受けられる。しかし、こちらはようやく舞台に立つことを許された新米の身である。未熟な目には見通せないほど広く深い世界があるに違いない。

　セラフィさんの話を自分の中で静かに反芻していると、私達の話が一段落するのを見計らっていたのか、それまで離れていたエイガーベル卿が近づいてきた。

「夜会は楽しんでいただけていますか」

「ええ。もちろんです」

「それはよかった。先ほど広間でお会いした時は、ゆっくりお話しする時間などありませんでしたから」

「わざわざお捜しいただいたのでしょうか？」

「ちょうど私も少し休もうと思っていたところだったのですよ。リカルドが見えたのでこちらへ来てみたらお二人の姿もありましたので、お邪魔させていただきました」

　楽しげに笑って言う様子から、親しみやすい人柄を感じた。

「改めまして、お招きいただきお礼申し上げます」

「こちらこそ、リカルドの恩人にいらしていただき光栄です。お会いできて嬉しいです」

　リカルドはエイガーベル卿の隣で否定も肯定もせず私達の会話を聞いている。

　私が今日出席できたのも、彼がリカルドの友人だからだった。

　エイガーベル卿は近衛騎士という名誉ある職に就いているため首都から動けない状態で

あったが、リカルドが戦場に行ってからずっと気にかけてくれていたそうだ。

「セラフィーナ嬢もお久しぶりです」

「楽しませていただいておりますわ」

エイガーベル卿は彼女の顔を見てから、思い出したように言った。

「そうそう。お会いしたら是非言おうと思っていたのです。セラフィーナ嬢が以前ご覧になりたいとおっしゃっていた金孔雀(きんくじゃく)の剝製(はくせい)が今父の手元にあるようです。ご覧になりますか？」

金孔雀とは遠い異国に生息しており美しい金色の尾羽を持つという、この地域では見られない珍しい鳥である。セラフィさんはその鳥に興味があったようで、目を輝かせた。

「まあ、本当ですの？　是非、拝見させていただきたいですわ」

「見応(みごた)えがありますよ」

喜ぶ彼女の反応に気を良くしていたエイガーベル卿だったが、何かに思い当たったようで表情を曇らせた。

「ああ、……困りました。少し離れた奥の部屋に飾ってあるのです。私はここを抜けることができませんから……リカルド、頼めるか？　見たことがあっただろう」

リカルドはエイガーベル卿の顔をじっと見てから、セラフィさんを導くことを了承した。

「ああ、……構わないが」

「頼む」

「では、こちらへ」

セラフィさんは足取りも軽く上機嫌にリカルドの後に続く。

それに自然とついていこうとした私を、エイガーベル卿の腕が引き留めた。

「グラーク殿はここに。私にもう少し付き合って下さい」

彼の口は笑んでいる。しかしその目は凍てつくほどの冷たさを宿しているように思えた。

＊

始まりは少し前の、とある日に遡る。久々に友に呼び出されたのだ。仕事の合間を縫って、城の一角にある小部屋で我が友リカルドと落ち合うことにする。

やや窶れて細くなったリカルドを見て、俺はどこか悪いのかと心配せずにはいられなかった。

「どうしたんだ。風邪でもひいたのか？」

「大丈夫だ。何の病にもかかっていない」

俺の言葉を一蹴(いっしゅう)したリカルドは、どう言おうか迷うような落ち着きのない様子で話を切り出す。

「それよりも、グラハム。頼みがある」

頼み。彼の口からこれほど真剣な口調でその単語を聞いたことがかつてあっただろうか。リカルドは今まで俺やごく近しい者に頼る前に、全て自分で解決してきたのだ。前々から自分を必要とすることがあるなら力になろうと決めていた。

俺は襟を正す思いでリカルドに向き合うと、彼もそれを察してくれたらしく深く息を吐いた。

「会ってもらいたい人がいる。正確に言えば、会うための場を整えて欲しい」

すぐさま近頃彼の挙動をおかしくさせていた例の人物が頭に浮かんだ。

俺はいよいよリカルドが本気でその人と共に人生を歩もうと決意し、そのための準備をしているのかと想像を巡らせた。

それを裏づけるように、彼は疎遠だった父親との仲を急速に修復している。嫌われているはずの父親に自分を認めさせるほどの功績をあげてみせたということだ。

身を削るように働いたに違いない。窶れて見えるのもおそらくそのためだ。

早合点(はやがてん)した俺は、彼をそこまでさせる人物はどのような人であろうかと、考えずにはいられなかった。好奇心を大きく刺激され、身を乗り出すようにして尋ねる。

「誰なんだ？」

「誰と一言で表すのは難しい」

しかしあえて言うのならば、と続けた言葉に、全く方向性の違う事態なのだと気づかされた。

「我が主(あるじ)」

驚きと不安が俺の胸に生まれて増殖する。リカルドは主と言った。

己を司(つかさど)るもの。我々騎士にとって身近であり、だからこそ最も遠く尊いもの。

その人が黒と言えば、白すら黒く染め上げる。それが騎士にとっての主という存在だ。

ふさわしい器であれば問題ないが、そうでなければ主の破滅に騎士も巻き込まれるしかない。

リカルドの選んだ存在は果たしてどちらか。俺は今生この友人に見合うだけの器量のある人間が現れるとは思っていなかった。

気高い彼の上に立てる人間などいないと、疑いを抱くことなく信じていた。

衝撃的な話に頭を抱える思いの俺に対して、リカルドは言葉を選び終えたのか静かにさらなる驚愕(きょうがく)の事実を告げた。

「我が主は英雄として立つのだと、言われたのだ。ならば、そうしなければならない」

「英雄だとっ!?」

馬鹿め、この阿呆。何故よりにもよってそんな相手を選んだ！

思わず椅子を倒す勢いで立ち上がった。口元まで出かかった叫び罵る言葉を辛うじて飲み込む。

この時期に、その名に思い当たる人物など一人しかいない。ヘダリオンの英雄。軍で噂を聞かぬ日がない、国で最も注目されている人物である。

その傍に立つのならばリカルドはどれだけの苦痛を受けるのだろう。利用しようと群がる数多の人間を相手にしなければならない。妬みで足をすくわれることもあるだろう。また暗殺などの危険も常につきまとう。ようやく戦いが終わって平和になろうとしているのに、リカルドはこれからも命の危険に晒されるのだ。不利益しかないことは簡単に想像がつくではないか。

どうにかして考え直させられないかと、俺は必死に頭を回転させる。

「何故、どうして、あの彼なんだ？」

食い下がるように尋ねた俺に、リカルドは困った顔をしながらも落ち着き払った声で答えた。

「他の選択肢はなかった」

決められた運命だったのだと信じているらしい。声に揺らぎはない。

一瞬英雄を騙(かた)っているのではと疑ったが、リカルドがその程度のことを見抜けないはずもない。

「彼に助けられたのか。恩でも感じたのか」

「確かに助けられはした。が、恩義だけで忠誠を誓うほど、騎士の忠誠とは軽いものではないだろう」

彼に真意を問う言葉は色々浮かんだが、聞くより前に答えが分かってしまう。

長い付き合いだからこそどんなに言葉を尽くしても心変わりしないのだと悟ってしまい、俺は力無く椅子に座り直すしかなかった。

「場が欲しい。エイガーベル家の名前を使って、盛大な会場を作ってくれ」

いかなる頼みごとであっても、協力するつもりだった。今もそれは変わらない。

けれども、これほど気が進まなくなるとは思ってもみなかった。

俺はこの友人をどうしようもないくらいに尊敬し愛しているのだ。

陛下直々に賜(たま)わった誇らしき剣と変わらないほど、俺にとって唯一無二の宝である。その宝を掠(かす)め取った盗人(ぬすっと)は一体どんな奴なのか。呻(うめ)きに近い声で尋ねた。

「名は？」

「ハルカ・グラーク様という」

「グラーク殿は強かったか」

「ああ、心を奪われるほど」

「人格者であるのか」

その人のことを話しながらリカルドの目は潑剌と輝き、小さな笑みを浮かべていた。

「間違いなく」

そう迷いのない声で断言するものだから、俺は彼に評価される者を妬ましく思った。

けれども敬愛の一心だけで人とはここまで恍惚の表情を浮かべるものなのだろうか。

崇拝する信者のような、あるいは……恋情に身を焦がす男性のような。

恐ろしい仮定に小さく身を震わせた。

もし、もしも、後者であればリカルドはどうするのであろう。

同性の主人に対して、己の思いの丈を詳らかに告白する日が来るとは想像できない。であるなら彼はずっと胸に抱える痛みと共に過ごすことになる。

俺は曇天のような暗い未来を思い、しかしそれ以上先を考えるのをやめた。

この推測は確定的なものではないのだから。

「用意しよう。君の望むその通り。わずかな傷もないほど完璧に」

リカルドがグラーク殿を慕っていてもいなくても、どちらにしろ俺はその人に完全であることを求めた。

リカルドを射止めたのならそうであってみろと、女々しい感情を抑えきれない。

俺の言質をとり緊張を弛めたリカルドと別れた後も、その思いは変わらなかった。

……だからこそ、今日大勢の人の中で社交に不慣れなグラーク殿に初めて名乗られた時、気づいてしまったあんなわずかな手の震えさえ、俺は許せなかった。

*

二人が去ったことで、静けさ以上の寒々しさが服を貫いて肌に触れる。

「グラーク殿にお会いしてから、リカルドは随分変わりました。それを私は歓迎し、変えてくれたまだ見ぬあなたに感謝していました」

過去形で言われたことに嫌な予感がする。続く言葉は悪いものに違いない。

間を置き、私に降ってきたのは硬い鉱石のような冷たい声だった。

「このような形でお会いするまでは」

自分を見下ろす視線に胸がざわめく。これは冷徹な評価を下している目だ。

「あなたはまるで、食われるだけの獣のようだ」

人の良い顔など脱ぎ捨て、豹変した態度で突き放すようにエイガーベル卿は言い放った。

「どういう意味ですか」

「この世界で生きていけないという意味だ、グラーク殿。あなたの魔術師としての活躍を私はこの目で見ていないからかもしれないが、そのようにセラフィーナ嬢に支えられなければ何もできないならばここに来るべきではなかった」

鋭利な言葉の刃で切り裂かれた。こうまであけすけに言われると気丈に振る舞うこともできず、さすがに冷や水を浴びせられた気分になる。

言い返す間も与えず、拒絶の瞳で畳みかけるようにエイガーベル卿は続けた。

「本当にあなたが自分の実力を他の追随を許さぬほど抜きん出ていると評価しているのならば、堂々と王宮にでも乗り込めばよかったのだ。それをせずにこうして中途半端に姿を現したことこそ、その実力がないと言っているようなもの。この国に確かにあなたの存在は必要だろう。グラーク殿が自分の力不足を補うために人脈を得ようとしたのも、この国の者としては評価する」

　しかし、と彼は続けて言った。

「そのためにリカルドを利用したことを俺は許さない」

　エイガーベル卿の言っていることは全て正論だった。だが今ある選択肢の中でこれ以上良い方法など見あたらなかった。

　私とリカルドの関係を全く知らない者からしたら、リカルドが私を利用しているようにしか映らないだろう。全ての表立った私に関する事柄はリカルドが引き受けることとなる。それがどれだけ彼を消耗させるだろうか。

「そこまでお分かりなら、何故今宵お招き下さったのですか」

「俺はリカルドの頼みを断らない。けれども、それをさせた人物を認めたわけではない」

　ここまで酷評されるといっそ笑える。見る目を持つ人からしたら、今日の私は道化師同然だったということだろうか。私は乾いた笑いを浮かべて言った。

「そこまで駄目でしたか」

「庶民として生活していて、初めての場であるというなら許容範囲かもしれない。……隣に立つのがリカルドでなければ」

　付け足された言葉に、エイガーベル卿がどうして二人きりになってまで直接私と話したかったのかが分かった。

彼は私の方法も手段も目的も認めている。そのうえでリカルドを利用したことに対して怒っているのだ。

「俺はグラーク殿が嫌いだ」

夜の露が降りそうなほど、私達の周りは冷たい空気が漂っている。

私はエイガーベル卿が胸に溜(た)めていたやりきれない思いを、受け止めることしかできない。もう引き返せない場所に立ってしまっているからだ。

隠されない感情の言葉によって、打ちのめされる私。

けれど、その前にエイガーベル卿を打ちのめしたのは私。

リカルドをひたすら案じる友人の存在に、今更ながら驚いた。

「何故皆の前に姿を現した。あなたのために、リカルドは身を削るだろう。ならば囲われ隠されひたすら愛(め)でられるだけで満足していればよかったではないか」

エイガーベル卿は私に近づこうとも遠のこうともせず、同じ場所に立ったまま刺々(とげとげ)しい言葉を紡ぐ。

それはともすれば暴走してしまいそうな私への怒りを、言葉だけでどうにか抑えようとしているようにも見えた。

そうか、リカルドの友人はそう思うのか。

リカルドの屋敷にいつまでも隠れていればよかったのだと。

あるいは全てに耳を塞ぎ、目を覆い、何にも気づかない振りをして村へ帰ればよかったと。

もしかすると私は大きな勘違いをして、誤った方向へ進んでいるのかもしれない。

悩みに悩んで、答えが見つからず確信もないままこの道を歩み出してしまった。

けれど進めた一歩を後悔などしていない。

私はエイガーベル卿に何を伝えるべきか取捨選択し、誠実に最も深く根づく一つの感情を、この姿になってから初めて口にした。

私の全ての行動の源はここにあると言っていい。

「いつもいつも、考えているのです。何のためにここにいるのか。私の生に何の意味を持たせるのか。それが私の避けられない義務であり、それ故生き方を曲げることができないのです」

そのことにとり憑かれていると言ってもいい。眠れぬ夜、あるいは一人の部屋の中で、延々と同じことばかりを考えてしまう。

何か意味があるはず。私がこの世界に呼ばれた運命が、この世界のどこかに。

「密(ひそ)やかな生活に幸福があるならば、それが答えかと考えていたのですが。……私にしかできぬ役割があるのならば逃れることが正しいとは思えなくなりました」

目の前の青年は疲れて見えるまでに悲しんでいた。この人は聡(さと)いから、私よりもずっとずっと遠くまで見渡せるのだろう。

誰かを巻き込むとはそう言うことだ。その人のみならず、愛してくれている人の心まで傷つける。

「思ったのなら、進むまで。行く末に誰を巻き込もうと、止められない」

リカルドを手放そうという気にはならなかった。リカルドがそれを望むから、これからの私に必要な人だから。

それ以外の私の胸に生まれていた小さな感情について、無意識に目を逸(そ)らした。

「けれど……どうか、エイガーベル卿は最後までリカルドの友人であって下さい」

「あなたに言われずとも」

エイガーベル卿は拗(す)ねたように腕を組んでそっぽを向いた。

私自身は嫌われているが、まっすぐにリカルドを心配してくれているエイガーベル卿を私は嫌うことができない。

しばらくの沈黙の後、何か彼なりに感情の落としどころを見つけたのか深い溜息(ためいき)を吐いて彼は言った。

「今度会う時には覚悟しておくことだ。リカルドの素晴らしさをあなたに説く必要がある。それを知って、少しは主としてふさわしくなれるよう努力するがいい」

「ああ、それは是非。私からもお願いします」

ふてぶてしい態度に映ったのか、エイガーベル卿は半眼の据わった目を向けてきた。

「すまない、一発殴らせてくれないか」

「やめておけ。その前に私がお前を沈めるからな」

その声の方向へ顔を向けると、戻ってきた二人の姿があった。

リカルドは最後のエイガーベル卿の言葉だけを聞いていたらしく、機嫌悪そうにエイガーベル卿を睨みつけている。

「冗談さ。気が合って随分仲良くなれたんだ」

「それは喜ばしいことですわね。剝製、本当にとても見応えがありましたわ。良いものを見せていただいて、ありがとうございました」

機嫌の良いセラフィさんが何も知らずそう言ってくれたので、不穏だったリカルドの表情が少し和らいだ。

「喜んでいただけて何よりです。……そろそろ広間へ戻らなくては。皆様はどうぞ、引き続きお楽しみ下さい」

エイガーベル卿が時間を気にしてその場を立ち去ろうと背中を向ける。

その去り際、さらりと彼は言い残していった。

「グラーク殿、俺の事はグラハムと呼んでくれて構わない」

何か私が言う前に、すぐにその姿は人に紛れて見えなくなってしまった。

「グラハムは貴方（あなた）を気に入ったようですね」

彼が名前で呼ぶのを許したのは私を認めたからではなく、リカルドのために違いない。

先ほどまでの会話を全く知らずにそう言うリカルドに、私は苦笑した。

6

机の上の文箱(ふばこ)から手紙が溢(あふ)れている。その全ては招待状だった。私はそれらを手にとると一枚一枚の差出人の名前を思い起こし、選別していく。

マクルレイドパイン家、バクサザール家、カラトラバ家……公の場に私が姿を現してから、多くの名家が関心を寄せている。

その数の多さに確かな手応(てごた)えを感じた。順調なことこの上ない。いい出だしだ。英雄の存在が認知される機会が増えれば、国を動かす追い風となる。

厚遇されるべき立場の人間が野にいるという、この異常な事態こそ命の危険を増している大きな要因である。

つり合いがとれる地位が与えられれば、身の周りの騒々しさも沈静化するだろう。安全の確保もより確実にできる。

強大な力を持つ魔術師は国家にとって替えのきかない兵器と同じ。国家は威信を懸けてでも、守るべきなのである。

まあ、私が本当にそれに値する魔術師であるかは自分自身疑問の残るところであるが、一応世間一般では十分そのように認識されているようだ。

私自身を兵器扱いされるのは納得しがたいのだが、影武者の殺害という物騒かつ魅力的な案を却下した手前、この程度は受け入れなければならないだろう。

何らかの手段により敵の目を逸らすことができなくなった以上、次なる私の目的は国に英雄の重要性を認識させることだった。

招待状への出欠の返事はリカルドが行っているので、私がやるべきことは会場で下手なことをしないように努めるだけである。

機械的に動いていた紙の群れを掻き分ける手が止まった。華奢な文字が目につき一つの手紙を取り上げる。

『セラフィーナ・ドレアグム・ソールズパラ』

よく知った名前に思わず口元を緩めると、宛先には直接私の名が書かれていた。ナイフで開封し、数枚にわたる手紙に目を通す。しばらくして読み終わってみると日常を綴る平凡な内容であったが、それがかえってセラフィさんとの距離の近さを感じて喜ばしく思う。

セラフィさんと話をする時は、懐かしさに囚われる。かつてすぐ傍にあった同性の友人との会話が蘇るのだ。

もちろん私の友人は貴族や、あるいは財を成した家の娘ではなかった。けれども、語り口調は異なっても少女が持つ特有の気質はどこへ行っても変わらないらしかった。私は失ってしまった友と重なるはずだった時を思うことができるセラフィさんと過ごす時間が、とても贅沢で幸福であるように感じていた。

セラフィさんの手紙を何度も読み返していると、扉を叩く音が部屋に響いた。よく響く叩き方で扉の向こうにいる人物に見当がつく。

「どうぞ」

「失礼します」

入ってきたのは予想通りにリカルドだった。彼は私の顔を見て体調を気遣った。

「まだ休まれていた方がよろしいのでは」

学ばなければならないことが多く、さらに頭の悪さもあって最近はまた根を詰めてしまっていた。

部屋にかかっている鏡には隈のできた自分の顔が映っており、蓄積された疲労が解消されていないことを物語っていた。以前体調を崩した時のことを思えば、無理を押して作業を続けるのは得策ではないと判断した。

「……そうですね。きりのよいところで休みます。それよりも、何かありましたか」

リカルドは納得していない顔だったが、用件を先に伝えることにしたらしかった。

「今度の祝賀行事の相手役の件でご相談があります」

「ああ、セラフィさんにお願いしようと思っていたところです。ちょうど手紙もいただいたので、返事ついでに相手役もお願いできるか聞いてみましょうか」

リカルドの言っている行事について思い出し、手に持っている手紙を見せてそう言う。

けれども、彼の顔がほんの少し不機嫌そうに変わるのを見て、失敗したと思った。

何故だか分からないが、最近よくリカルドのこうした反応を見るのだ。それはセラフィさんの話を出した時に最もよく起こった。

もっと気を配るべきだったと胸の内で反省していると、リカルドが少し眉を寄せて言う。

「……最近相手役を頼みすぎてはおりませんか。同じ方が続くと、不必要な噂をたてられるかもしれません」

言われてようやく根本的な間違いに気がついた。自分の外見上の性別が男性であるのを失念していたのだ。

確かにリカルドの指摘のように、周りから見たらセラフィさんに近づく不埒者のように映るだろう。しかし私程度に誘惑されるような、やわな御仁ではないと思うが。

本当の性別について彼女に話した方がよいのだろうか。信頼できる人だ。状況さえ許せば、セラフィさんになら言ってもいいかもしれない。

身辺の騒がしさが過ぎてから、伝えようか。

「残念です。セラフィさんなら私も気が楽なのですが。しかし……私達の仲を本気で疑う者などいないのでは？　貴族と平民ですよ、許されるはずもない」

「いいえ。ソールズパラ家は剣術で有名な軍人の家系です。それ故実力主義な側面もあります。魔術師が今まで受け入れられたことはありませんが、当主の考え方次第では十分あり得る話かと」

「面倒な」

思わず吐露した心情に、リカルドが困った顔をする。面倒だが、私も貴族の令嬢にとって周囲の評価がいかに大切か察しがつく。私の配慮不足だった。セラフィさんが困るような事態が起きなければいいが。

セラフィさんを慮るうちに無言になった私に、リカルドは自分の忠言が受け入れられたのか不安を抱いたのだろう。気づけばすぐ隣に立っていた。

「……ハルカ様」

顔を近づけられ聞こえた耳元の声が、大きくもないのに腹の底に響いた。反射的にリカルドの顔を見る。体格差のせいでほとんど覆い被さるような形で見下ろされていた。

間近で自分に向けられた視線から、言いようのない感情の圧力を感じた。

彼がどう感じているのか正確には理解できない。しかしこれ以上感情を逆なでするのは危険だと悟り、慌てて取り繕うように言った。

「言いたいことは十分理解しました。公の場では、相手役をお願いする回数を減らしましょう」

言う通りにすると言っているのに、リカルドはまだ不服そうだった。しかし私にも譲りたくない一線がある。

「友人付き合い程度は見逃して下さい。私はセラフィさんとの会話を楽しみたいのです。それとも、それすらも問題だと？」

ここまではっきりと言いきれば、それ以上リカルドは反論しなかった。ようやく顔を離すと渋々言った。

「……いいえ」

全く、リカルドは過剰に心配しすぎなのだ。私が彼女の友人である事実など、セラフィさんを損なう要因になどなりはしないだろうに。

この話題を打ち切るためにも、私は使用人に飲み物を頼んだ。気を落ち着かせるには温かい紅茶でも飲んで休むのが一番である。

だというのにリカルドは向かいの椅子に座ると、紅茶を飲みながらもその頭の中では何かを考えているようだった。

しばらく口を開かず様子を観察する。

私と彼の間にある机辺りに視線を置いたまま、リカルドは何やら難しい顔をして眉を寄せている。

せっかくの休息時間なので頭を空にしてそのまま正面のリカルドを眺めていると、顔を上げた彼と目があった。

「私の顔に何かついていますか？」

「いえ、ぼんやり眺めていただけです」

何の意味もない些細な行動だった。特に誤魔化すことでもないので正直に話す。

「そうですか」

それだけでこの会話は終わったのだが、何となくリカルドを見てしまう。

気怠そうに溜息を吐いて少し乱れていた髪を片手で撫でつけ整える。私を案じるリカルドの方が、私よりもずっと疲れているようだ。

名を広めると決めてからは立ち止まることなく歩み続けてきた。まだ到達すべき点すら見えていない今は、行動は決まっていても心は焦燥に駆られ、時に閉塞(へいそく)してしまう。

申しわけなく思いながらも、重い空気が溜(た)まったこの状態を少しでも変えようとあえてこの状態を笑った。

「私が疲れた顔をしていれば見苦しくなるだけですが、貴方(あなた)はその様ですら人目を引く。羨(うらや)ましいものです」

彼は小さく目を見開き、何かに驚いたようだった。そして口元を綻(ほころ)ばせた後、その思いをそのまま私に伝えた。

「珍しいですね。ハルカ様が私の外貌(がいぼう)について何かを仰(おっしゃ)るのは」

これまで胸中で何度も思っていた彼の外見についての評価を今までほとんど口にしていなかったと、リカルドに言われて初めて自分も気がついた。

そういえば、はじめリカルドと名乗られた時に余りに他の諸々(もろもろ)の出来事が自分にとって衝撃的であったため、彼の容貌(ようぼう)について言及する隙がなかった。

以降は本人も自覚しているだろう事実を、わざわざ言うような性格ではなかったためだろう。

私は誰もが彼に聞き飽きるほど言ってきただろう言葉を、なぞるように告げる。

「貴方は美しいと思います」

面と向かって言ったのにもかかわらず、慣れているからかリカルドは照れる様子もなかった。

けれども苦笑ともとれる笑みを浮かべて、思いも寄らないことを言った。

「実は、自分の姿が苦手なのです」

「え？」

醜い顔の人が鏡を見るのも嫌だと話すのは納得できるが、何故人も羨む美しさを持ちながらそれを厭うのか。

私は全く理解ができなかった。私の困惑した表情を読み取り、取り繕うようにリカルドは言った。

「しかしハルカ様にそう言っていただけるならば嬉しく思います」

「何か理由でもあるのですか」

「……いいえ、特に語るようなことではないのです」

私が深く聞こうとすると、彼は決まりの悪い顔をした。どうやら思わず口を衝いて出てしまったようだ。

もし他の者が言ったなら、傲慢な悩みであると思っただろう。

しかしリカルドの謙虚さや誠実さ、ひたむきさを知っているからこそ、それは真実、深い悩みであると感じた。そうでなくては、この彼がそんなことを口に出すものか。

意味があってもなくても、たとえ言った通り大したことでなかったとしても。

リカルドを理解したいのだ。彼の心を聞いてみたい。

「教えて下さい。知りたいです」

リカルドは一つ息を吐くと、淡々とした口調で、遠い過去を見るように目を細めながら話してくれた。

「亡くなった母に私が似ているらしく、そのせいで父から苦手だと言われたことがあるのです。母が亡くなった原因も、私を産んでから体を弱くしたために、ただの風邪をこじらせてしまったと聞いておりますし、父の心境も今では理解しております。よくある話ですから、拘るようなものでもありませんが」

「貴方のお父様とは、今も？」

「恥ずかしながら。けれど家名の評価が上がることを行えば相応に反応が返ってくるので、憎まれるほどではないようです。本妻の子でもありませんし、それで十分でしょう」

よくある話だと言いはするが、本人にとっては辛いだろうに。

しかも、父から嫌われた容姿が他人からは羨望の目で見られるのだ。他人と自分の評価の差異をずっと抱えてきたことは想像に難くない。

そして囚われているのだろう。思わず口に出してしまうほどに。

私はどうしたら彼が自分の姿を受け入れられるようになるのか考え込んだ。これは些細であるようでいて、非常に深刻な問題である。

何せ人から会うたび嫌いな容姿について必ず口に出されるのだ。その度にリカルドは胸の痛みを感じるのだろう。

他人事にして見過ごすつもりは全くない。主となった私は、彼を慈しむと強く決めたのだ。

私は立ち上がりリカルドの正面に立って、座ったままの彼を見下ろした。

「もしも貴方が本当に望むのであれば……顔を変えることもできますよ」

リカルドは大胆な提案に非常に驚きながら、好奇心に染まった目で私を見る。興味を引かれているようだ。

別人に仕立ててあげることも、あるいは少しずつ歪めて印象を変えてしまうことも。

今の自分の顔もそうして作ったのだから、できないわけではない。

しかし私はその選択を提案しておきながら、それを選ばれるのは不満があった。

美しさは祝福であると感じてくれたなら。私が思うのはそれだけだ。

空の青さ、星の瞬き。美しい人を見たならばその時の感情に近い何かを身をもって知るだろう。それは喜ばしいことであるべきで、苦痛を呼び起こすものであってはならない。

「けれど私は今のリカルドの顔が好きです。それは貴方がその顔を抱えて生きてきたから。その姿形でなければ、今の貴方もなかったのでしょう」

リカルドは静かに私の話を聞いている。私の訴えることが彼の心に届くようにと願いながら語ったけれど、まだ届いた感触は得られない。

彼に喜びを与えるにはまだ足りない。ならば語ろう。

私は手を伸ばし彼のこめかみに右手を沿わせると、髪が触れそうなほど顔を近づける。言葉に感情を込め、小さいけれど聞き逃すことのない低い声で囁いた。

「意志の眉も」

髪と同じ彼の白い肌によく合う金の眉が、決意を語る様を知っている。

手をわずかに下にずらし、眦に親指で触れた。

「理知の目も」

蝶の羽のように鮮やかな青が、思考に耽ると陰を帯びるのを知っている。

するりと若々しい肌に手のひらを這わせた。

「感情の頬紅も」

怒りや羞恥、興奮が心にある時、頬が分かりやすく色づくのを知っている。

どうしてか、今も徐々に赤く色づき始めている。

私はそのまま手を下に下にと動かして、柔らかい唇に指を乗せた。

「そして……欲望を語る口も」

普段多弁ではない閉じられた口が開けば、願いや祈りを躊躇わないのを知っている。

「全てがリカルドを示す、私の気に入るところ」

姿を変えている私が、姿を変えないで欲しいと願う。その滑稽さなどとうに気づいている。

だからこそ私は強制はしない。代わりに私は彼を肯定するのだ。

本当に伝えたいのは理屈ではなく、己の姿を誇る未来の彼を願う思い。

「どうしますか？　私の思いなど、リカルドの悩みと比較するなら二の次だというのも私の本音です。貴方がその姿を障害と感じるなら構わず変えますが」

今の姿を失うことでリカルド自身が変わってしまうのでなければ、どちらでもよい。

そう思いはするものの口から出たのは逃げ道を用意したようで、私の欲深さを押しつける言葉であった。

覗き込む私の片手を恭しくとったかと思うと大事そうに手のひらに乗せ、彼は恍惚の瞳で私を見上げる。

「何を迷いましょうか。ハルカ様の望むものが私の望むものです」

私はその返事を聞き胸を撫でおろしたが、価値観を委ねられているという重さに息が詰まった。

「ではそのように」

私はリカルドがとった片手を彼の頭の上に移動させ、慰めるべく軽く撫でた。

支えなければ。私が導くべき私の騎士。

遥がそう強く決意する一方――俯いて誰にも見られぬ顔で、騎士は悪戯な子供のように密かに笑った。

7

もう何度こうして豪奢に飾られた会場に足を運んだだろうか。

はじめに出席したような大きな夜会もあれば、身内だけ呼ぶような小さな食事会まで様々だ。その全てに多忙なリカルドが同行してくれたわけではない。

けれどもその時々に私を支えてくれる誰かが常に傍にいるようリカルドは取りはからってくれた。それはセラフィさんであったり、嫌そうな顔をしながらのグラハムであったり、リカルドの目にかなった軍人であったりした。

今宵は久々にセラフィさんとリカルドが共に出席してくれるので、心が弾む。今私がいるのはオルバドルス侯爵家の歴史の長さを讃える夜会であった。

少し間隔があいてから参加した大きな規模の会であったので人に酔い、飲み物を片手に少し外れの方にいると誰かが声をかけてきた。

「グラーク殿ではありませんか」

振り向くと、何度か会ったことのある腹の出た年輩の男性が私に近づいてくる。

記憶を掘り起こすと文官であったように思うが、それ以上がなかなか思い出せない。

ちょうどリカルドも挨拶しなければならない人がいるとかで傍から離れ、セラフィさんもすぐ戻ると言ってどこかに姿を消していた。

ここは一人で凌ぐしかないと憂鬱な気持ちになりながら、ようやく思い出せた名前を呼んで親しげな笑みを作った。

「ドノスティーアさんではありませんか。いらっしゃっていたのですね」

「ええ、ええ、もちろん！　侯爵との付き合いは、二十年近くにもなりますから！」

年月こそ長く聞こえるが、仕事上数度会っただけのことをさも親密であるかのように言っている可能性もあるので話半分に聞き、顔だけは感心してみせた。

「グラーク殿は今お忙しいようではありませんか。あちらこちらで話を聞きますよ。いや、羨ましい！」

「いいえ、それほどでも」

「何を仰いますか。今度東方で行われる軍事演習に是非顔を見せて欲しいとラバル少将から要望があったと聞いております。いやあ、人気者も辛いですなぁ。体が一つでは持たないのでは？」

それとなく聞かれただけの話を知っているのも疑問だが、それをこのような人が多いところで言われるのもかなり不快である。

どこで何の情報が不利に働くかも分からないのに。

「ええ。体は一つしかない。行ける場には限りがございます。心苦しくもお断りさせていただこうかと、考えているところです」

「それはそれは」

全て分かっていますとでも言いたげな仕草に、呆れと苛立ちばかりが募る。

笑顔を作り続けるのも苦痛であるが、表立って皮肉を言われないだけましだと自分を宥めた。

「そうそう、グラーク殿は宮廷魔術師になられるおつもりで？　今や名を聞かぬ日がないグラーク殿です。そろそろそういった話が出てくるでしょう？」

これが聞きたかったのか。世の中には権威に吸い寄せられるろくでもない輩が多いと、名が知られるようになってよく学んだ。

私は納得すると共に、目の前の人物の非常に分かりやすい欲望に安堵もした。

宮廷魔術師とは在野の魔術師や軍に所属する魔術師とは一線を画する存在である。在野の魔術師は薬師、占い師に近い存在として普通の人と共に暮らすか、あるいは森や山の人里離れたところで術の研鑽を積みながら暮らしている者が多い。

戦の際に集められ、軍人として戦う魔術師は在野の者を召集する場合がほとんどである。しかし国という概念の希薄な魔術師にとって国の指示を受けるのを気に入らないと感じる者が多いらしく、ある程度の実力のある術者は皆どうにかして召集から逃れるのだ。

必然的に軍に来るのは逃れる実力もない者か、国に帰属意識のある者が少数いるだけである。

一方宮廷魔術師は多くの魔術師の羨望の的だ。国内最高の技術を有していると公に認められ、王家から請われて就くものである。

手にするのは気まぐれで偏屈な魔術師の目をも眩ませる報酬と栄誉。そんな宮廷魔術師の信頼を得られたなら、さぞ色々なことが捗るだろう。

「若輩者の私です。そのように立派な身分など務まりません」

ドノスティーア氏は残念そうに首を横に振った。

「そうですか、何とももったいない話です」

話をしていると可愛らしい声が割って入ってきた。

「あら、こちらの方はどなたですの？」

いつの間にかセラフィさんが新しいグラスを片手に背後に立っていた。

「私はエフレン・ドノスティーアと申します！　可愛らしいお嬢さん。グラーク殿には以前お会いしておりまして、ご挨拶をさせていただいたところです」

「そうでしたか。私、セラフィーナ・ドレアグム・ソールズパラと申します。ハルカさんとは仲の良い友人ですわ」

ドノスティーア氏は目を大きく見開き、機嫌良く笑った。

「ああ、あのソールズパラ家のお嬢様でしたか、お噂はかねがね伺っております！」

「どんな噂でしょう？　気になりますわ」

「それはもちろん、讃えるものばかりです！　そのお美しさと溢れる知性では男性が放っておきますまい。グラーク殿は本当に幸せな方だ。しかし、あまりお邪魔をしては嫌われてしまいますね」

どうぞ後はお二人でと、言い残して去っていった彼の後ろ姿をセラフィさんは鋭い目で追った。

「何を言われたのかしら？」

「私の今後について聞きたかったようです。特に隠すべきこともありませんから、答えてしまいましたが」

「そうでしたか。ハルカさんがそう判断されたなら大丈夫でしょうけれど。時に思いもよらないところで恨まれることもありますから、用心に越したことはありませんわ」

「そうですね。気をつけます」

乾いた口を潤すために飲み物に口をつけていると、リカルドが随分と長い間傍にいないことが気にかかってきた。

「彼を捜します」

セラフィさんは私の腕をとり人の集まっている方向を指さした。

「リカルドさんでしたら、確か主会場の方へ行くのを見かけましたわ。私達もご挨拶に行かなければなりません。そろそろ人も少なくなってきましたし、向かいましょうか」

セラフィさんに促され、飲み物を置いてから人の多い方へと向かって歩くと、主会場へとたどり着いた。

気取った人々の会話が響く中、大きな部屋の一番奥に円を描くように人々が距離を置いている場所がある。

遠巻きに周囲から見られているその中心にいたのは、色素の薄い美しい女性。

一際薄い髪色は銀の色にも見え、肌は血が通っているのか不安になるほど白い。

身に纏う服装からこの中でも飛び抜けて高貴な身であると一目で知れた。そう……まるで王族のような。

そしてその女性の前に恭しく跪いているのは、よく見知った顔だった。

「リカルド」

目に映る光景が何故か、非常に私の心を動揺させる。

私は無意識に手のひらを強く握りしめた。

リカルドの表情は今まで見てきたどれにも当てはまらない。

感情を浮かべないよう努めているのか、彼という個性が全くと言っていいほど消されていた。

微笑みもせず、好悪を表に出さず。しかし決して冷徹ではない。それは相手に対して極めて丁寧に接し、尊重しているからに違いない。

知らない顔をして、知らない人に、知っている貴方が接している。

たったそれだけ。それだけのことでしかないのに、突き放されたような気になった。

険しい表情で眉を寄せる私の横顔を、隣のセラフィさんが静かに見つめていた。

「ローレンシア姫、ですわ」

「え？」

「今リカルドさんが話をしている方です。この国の第三王女。可憐な華。よく病院の慰問に行かれるので、慈愛の人と慕われておりますわ」

自分などが比較になるはずがないのに、その尊き身分に酷く打ちのめされた。

どうして私は今、こんなに不安定なのだろう。よく分からない。

ついこの間触れたはずのリカルドの肌の感触を思い出し、しかし今この手の中にないことにもどかしい気持ちに囚われる。

青い目の行方を、これほど気にしたことはない。

子供のような制御もできない不快感を見通すように強い眼差しで、セラフィさんは私をまっすぐ見つめる。

「行きましょう、ハルカさん。行かなくてはなりません」

セラフィさんに強い力で腕を組まれ、逃がす気がないのだと悟った。

しかし彼女は鎖のように私を縛る一方、もう片方の腕を優しく添えた。

「大丈夫です。……私がついておりますから」

包み込むように柔らかい口調に、強ばっていた体が少し和らぐ。

「そう、ですね。行きましょう」

自分の変調の理由を探る前に、すべきことをしよう。

足を進めて二人に近づくと、囲んでいた人々が退いて私達に道を譲ってくれた。すぐ傍まで歩いたところでローレンシア姫とリカルドが同時に振り向いた。

リカルドが私を見ていつものように顔を緩ませた。そのことにどうしてか安堵してしまう。

他の方々にしたのと同じようにローレンシア姫は私達にも微笑んで下さった。並び立つ者のいない、最上位者の持つ慈しみの顔だ。

緊張しながらもローレンシア姫に向かってセラフィさんと共に一礼する。

「ご機嫌よう」

ローレンシア姫に声をかけられ、私は緊張しながら答えた。

「お初にお目にかかります。ハルカ・グラークと申します」

「ご無沙汰(ぶさた)しております。セラフィーナ・ドレアグム・ソールズパラにございます」

リカルドが立ち上がり、私達をローレンシア姫に紹介した。

「姫、セラフィーナ様は私の友人、ハルカ様は……私の恩人にございます」

「まあ、この方が」

ほんの少しだけ目を見開き驚くと、ローレンシア姫は自ら私の近くに寄ってこられた。

笑みを絶やさない美しい顔が仮面のように感じられてしまう。そう思うのは私の心が原因だろうか。

「私、ローレンシアと申します。お話はかねがね伺っておりました。リカルドととても仲がよろしいとか」

「はい、お見知りおき下さいましたら光栄です」

「グラハムが私の警護に就くこともありますから、その時によく話題に上るのです。リカルドは、グラハムより前に私の警護に就いていたのですよ。ね？」

「はい」

相槌を求めるローレンシア姫に、すかさずリカルドが頷いて返した。

リカルドから事前に聞いていなかったので、親しい様子の二人の間に入り辛い。

不敬であっても今すぐに踵を返して逃げ出してしまいたい衝動に駆られた。

「友誼に厚い人だと私が保証いたします」

まるで自分の方がリカルドに近いのだと主張するような言葉に心が乱れた。

貴女に保証されなくても十分知っている。

そう心の中だけではあるが、言い返してしまった。自分の中の不敬な言葉と衝動に愕然とする。

動揺を抑え、できうる限り真っ当な人間に見えるようにローレンシア姫に言った。

「リカルドと知り合えたことは、私の人生において最良の出来事です」

こんなにまっすぐな言葉を用いたことも少ないかもしれない。

言われたリカルドと私を見比べて、ローレンシア姫は口元に手を当てて笑う。

「本当に仲がよろしいのですね」

「その通りですわ」

セラフィさんが強く同意したので私が恥ずかしがる暇も、謙遜する暇もなかった。

「リカルドは厳しく自分を律し、私にも国にも仕えてくれました。信頼できる人です。グラークさん、どうかリカルドをよろしくお願いいたします」

「……はい」

頷く以外に返す言葉も見つからない。身分の差が口数を少なくさせた。

それから二言三言セラフィさんが自分の領内の話をして、話題を探す私の代わりにローレンシア姫のお相手をしてくれた。

「……まだローレンシア姫とお話ししたい方々がいらっしゃるようですので、私達はこれにて失礼いたしますわ」

きりのよいところでセラフィさんがそう言ってくれたので、三人で揃って一礼する。

「皆様のおかげで、楽しい時間を過ごすことができました」

変わらない笑い方でローレンシア姫は私達を見送って下さった。

ローレンシア姫の前では静かに歩いていたが、姿が見えなくなるぐらい離れたところで、セラフィさんは少し早足に変わった。

腕を掴まれている私も彼女に合わせ、自然と早足になる。

リカルドからある程度の距離ができたところで、耳元に口を寄せ小さな声で問いかけてきた。

「ハルカさん。今日は私の家にお泊まりになったらどうでしょう」

「セラフィさん？」

「今日は何故か、特別別れがたく思いますの。ねえ、いいでしょう？　家には兄弟や両親もおりますし、心配は要りませんわ」

強い口調に押しきられ、私は求められるまま頷いてしまった。

追いついてきたリカルドに向かって、セラフィさんは拒否できない笑みを浮かべて言った。

「リカルドさん。今晩はハルカさんをお借りします。二人でじっくりお話ししてみたいのですわ」

「セラフィーナ嬢？……ハルカ様、よろしいのですか？」

突然の話にリカルドが訝りながら私に確認を求めてきた。

私自身も話の流れについていけておらず、何とも返答しかねてしまう。

「ハルカさんは先ほど頷いて下さいましたわ」

「……そうですね」

いつになく強引なセラフィさんに、私は肯定するしかなかった。

「では明日の夕方に迎えに行きます。何かあればすぐにご連絡下さい」

気づけば私は馬車に乗り込み、セラフィさんの家に泊まることになっていた。

セラフィさんにどうしたのか聞こうとしても、読めない笑顔で交わされてしまう。

私はこの先の不安を抱えながら従うしかなかった。

自らの意思とは無関係に変わる状況に私は戸惑うばかりで、幼子のように自分の手を握りしめた。

これは、ともすると、酷く恐ろしいことが起きたのではないか。

私の胸の中で、見つめてしまえばもはや平穏でいられないほどの大事件が。

そしてそれを暴くのは、セラフィさんに違いない。

＊

一晩客室を借りてお世話になり、翌朝までは普通に接待を受けただけだった。

しかし今は見通しの良い庭にテーブルと椅子を置かれ、使用人達も呼び鈴が何とか聞こえる程度の遠い場所に立って控えている。

紅茶と焼き菓子があるものの、明らかに内緒話をするための空間である。

木々も少なく、隠れる場所もない。これならば立ち聞きされる心配もないだろう。座ればセラフィさんが自ら紅茶を注いでくれた。

「どうぞ、召し上がって下さいな」

「いただきます」

焼き菓子を頬張ると甘みが口の中に広がった。

どこか懐かしい味に、一つ二つと小さなそれらを次々と食べてしまう。

「美味(おい)しい」

「お口に合ったようで、よかったですわ」

セラフィさんも焼き菓子を食べたが、味に関して何も言わなかった。雑談などはする気もなかったのだろう。

風が穏やかにそよ吹く中で互いに無言で紅茶を飲み、セラフィさんがカップを置いたところで口を開いた。

「昨日お聞きになった通り、リカルドさんは以前ローレンシア姫の下で近衛(このえ)騎士として任務に就いていましたの。近衛騎士になることは、この国で騎士を叙爵されるための最も近道でしょう。その分決して失敗を許されない実力を兼ね備え、信頼に足りる人柄を示さねばならない狭き道ですが……。リカルドさんは早いうちに認められ、城へと迎え入れられましたわ。ローレンシア姫の下にいた時もあったのでしょうけれども、結局その後リカルドさんは自ら近衛を去り、戦地へと赴いたのです」

階級については一通り学んだものの騎士階級の詳しい話など知らなかったので、勉強になった。

けれどリカルドが通ってきた道を、今教えてくれる理由は何なのだろうか。

「分かりません、セラフィさん。貴女が何を伝えようとしているのか」

いいや、違う。それを知りたくないのだ。

セラフィさんは私に顔を近づけ、瞳（ひとみ）の奥を見透かそうとした。

「私、リカルドさんとハルカさんの関係について、教えて下さるまでは何も聞かないでいようと思っていましたの。ハルカさんを見いだし、国のために支援する同志という建前しか仰（おっしゃ）っていませんでしたけれど、聞かなくても推測はできますわ。リカルドさんとハルカさんは、利害の前にとても大きな絆（きずな）で結ばれている」

確かに、セラフィさんに言葉として伝えたことはなかった。

それはセラフィさんとの信頼関係の問題ではなく、標準的な主従関係ではない在り方だったため、気安く話すべきではないように思えたからだ。

しかしセラフィさんは私に対するリカルドの態度を十分知っているため、気づかないはずがない。

今日の話の意図はまだ分からなかったが、今二人の関係をセラフィさんに伝えるのに何か支障があるとは思えなかった。

「リカルドは、私の騎士です。彼より誓いを受けました」

「……やっぱり。それも想定のうちでしたわ。というより、改めての確認ですの。人目がなければ隠そうともされてなかったですから」

セラフィさんは一呼吸した後、私をまっすぐに見据えた。

「私、とても嫌なことを聞くかもしれません。許して下さるかしら」

「構いません」

「昨日のあの夜。ローレンシア姫を見た時。何をお考えになっていて？」

胸の中にあの時の情景が鮮やかに思い起こされた。

絵画のように美しい二人。誰も踏み入ることのできないような完全な世界。

わずかに鳥肌が立ち、固く拳(こぶし)を握りしめた私を見るとセラフィさんは目を伏せ、言った。

「あの方を、愛しているのね」

反射的に叫んでいた。椅子から立ち上がり、テーブルに勢いよく手を振り下ろした。

「いいえ！」

認められなかった。それだけは。そんな浅ましい感情で彼を見ているなんて、許されない。

「彼は高潔な騎士です！　私はその主。リカルドの目映いほどの敬愛に、私はまったき慈愛にて応えるのみ。一点の曇りもなく！　それを汚す思いなど持ち得ない！」

「ハルカさん……」

そうでなければ、リカルドが報われないではないか。

リカルドが求めたのは、騎士として仕えたい主人であるのだから。

私は何であれ、リカルドの求める者としてありたい。あらねばならない。

師を亡くして以来空いていた胸の穴に、彼は入り込んで塞いでしまった。

何よりも大切な人だ。だからこそ、騎士として誓いをたてた彼に邪な思いなど持ってはいけない。

だというのに。

……そうだというのに。

あの時私の胸に浮かんだあけすけな欲望は。

嫌だ。嫌、嫌、嫌、嫌。


どうか、その目をこちらへ向けて！　どうか、私を瞳に映して下さい！

貴方の隣は私でなければならないでしょう、リカルド！

私が疑いもせず自分のものだと確信していたその目で、一体誰を映しているのか！

リカルド！　どうか。この私を。


ああ、なんて馬鹿な願いが浮かんでしまったのだろう。

真実は理想とはほど遠く。余りに強い感情に目を逸らしたくなる。

セラフィさんが席を立ち、立ちすくむ私の隣にやってきた。

どうしてそんなに泣きそうな顔でいるのか。貴女は強い女性でしょう。

「私、兄弟と共に戦いたいと両親に伝えた時、とても反対されましたの。貴族の娘として当然だと、納得できないながらも理解はしておりました。けれど……今は反対した両親の気持ちがよく分かりますわ」

セラフィさんの力強い目が、潤む涙で揺れた。

「ハルカさん、女性でしたのね」

私は自分の本当の性別を言い当てられて、言葉に詰まってしまった。

性別を言い当てられてしまうほど女々しい自分の態度を、認めたくなかった。

「侮られないためには、全てを捨てなければなりませんでしたか。そこまでしなければ、この国は守れないものですか」

魔術師にとって、性別などどうにでもなるものである。

しかし、魔術師以外にとってはそうではない。

完全なる男社会の軍人が、私が女性であると知ってついてきてくれるとは思わない。

「ありのままの私に、一体誰がついてきてくれますか」

だから私は嘘（うそ）を吐く。

「いつまで続けるおつもりで？」

その問いは、とても残酷な響きで伝わった。

問われてしまえば、答えなければならない。答えてしまえば、それは宣言となる。

口ごもる狡猾（こうかつ）さは私にはなかった。答えの全ては出ているのだから。

私はつい先ほど自覚した思いを、全て呑（の）み込んで言った。

「これからも、いつまでも」

それが私がここにいる意味なのだとしたら。

私は、私を知る者が誰もいなくなったとしても仕方ないと諦めよう。

セラフィさんはとうとう眦から一粒涙をこぼした。

「自分が男性であればと、望んだこの私です。ハルカさんのなさっていることに口を挟めるはずもありません。けれどこの国は、一人の女性に頼りきらねばならないほど弱くはありませんわ」

セラフィさんの望んだ姿は、私の現在と同じだったということか。

男性に交じり、共に戦い、守るために盾となる。

しかし私は同じように望んだセラフィさんにさえ哀れに思われる、痛々しい姿をしているのだろうか。

ようやく解答を得かけたと感じていたが、また分からなくなってしまった。

「セラフィさん。貴女のせいで私は惑いそうです。私は間違っていますか。この姿は愚かに見えますか。このまま進めば、私はこの国を守ることができるのではないのですか」

「友人の一人として、言わせていただきますわ。私の大切な友人がありのままでいられないなら、この国に価値などありません」

それはとても優しく、私の心を抉った。

「……迎えが来たようですわ」

セラフィさんの視線の先には、私を迎えに来てくれたリカルドの姿があった。

私は彼の顔を正面から見ることができなかった。

「帰ります」

セラフィさんに背中を向けると、振り返らずにリカルドのところへと歩みを進めた。

歩く私の背中へと、どこまでも優しい言葉が追いかけてきた。

「ハルカさんの道の先が明るく希望に満ちたものであることを、願っております」

ただならない雰囲気を感じて戸惑うリカルドの横をすり抜け、門への道を急ぐ。

後からリカルドの追ってくる気配を感じた。

それだけで心安らぐ気持ちなど、きっと全てまやかしに違いない。

「どうされたのですか、ハルカ様。何か不愉快なことでもあったのですか」

様子のおかしい私とセラフィさんを見て、そうリカルドが聞いてきた。

「……いいえ。何もありません」

何があったのか言うつもりは全くない。決意を込めて、振りきるように力強く言った。

「貴方が心配するようなことは、何もありませんでした」

＊

部屋の鏡に映った自分の姿を見て、感情を殺しきることの難しさを突きつけられた。誰にも伝わらないように胸中で吐き捨てる。

なんて顔だ。まるで、見捨てられた女のような顔ではないか。

少年の姿をしているのにその頼りなさが作る歪み(ゆが)は、自分自身で嫌悪するほどだった。存在してはいけない感情を、胸の深くに押し込める。私は仇(かたき)を目の前にした時のように険しい表情を作り、鏡像を睨(にら)みつけた。すると相手も憎々しい顔をして、見返してくる。

少しはましな顔になったと思った。しかし、それもまた自分の別の愚かさを表しているだけのような気がしてきて、私は手近な布を探し出すとその鏡にかけて馬鹿らしいやりとりを終えることにした。

その時ようやく、そんな私の姿を眺める人がいたことに気がついた。

アルフレドはいつものように存在感を消して邪魔にならないように控えていたが、明らかに今私に向けている視線は逸らすことを許さない圧力を放っている。

彼は多くを語らず、一言告げるに留(とど)まった。

「弱い方だ」

私は羞恥(しゅうち)で死ぬかと思った。顔を赤くし、使用人として越えてはいけない一線を越えた男に憤怒(ふんぬ)する。

「どういう意味ですか」

「ソールズパラ様のところで何かあったんでしょう。そんな百面相をして。いじめられでもしたんですか。それとも、裏切りにでもあいましたか」

「まさか」

「では何故(なぜ)、そんな傷ついた顔を？　吹けば飛びそうな弱々しさですよ」

反論しようもなかった。今はこんな些事(さじ)で動揺している場合ではないというのに、自分の未熟さからアルフレドにまで馬鹿にされる始末である。

「それとも手に入らないものでも、見つけてしまったのですか」

アルフレドは恐ろしい正確さで、私が目を逸らそうとしている最大の障害を言い当てた。

私の下にいるのがもったいないこの男は、息を呑んでしまった一瞬の動きも逃してくれる甘さを持たなかった。

「どうあっても手に入れればいいのです。それがあなたの弱点であるならば、なおのこと」

「手に入れれば壊れてしまうものなのです。眺めているのが一番いい。アルフレッド、もういいでしょう。やめて下さい」

ついに白旗を揚げてこの話をやめようとする。どうせアルフレッドは私が何を欲しているのかも分からずに言っているだけである。私が変な百面相をしたから好奇心でちょっかいを出しているだけで、深い意図はないのだ。

けれど投げやりに中断しようとした私を阻むように、アルフレッドは執拗に攻め続けた。

「指をくわえて眺めているぐらいなら、壊れてもいっそ手にした方が幸せでは？」

「残骸を手に入れて喜ぶのは一瞬だけですよ。すぐさまその虚しさに、絶望することでしょう」

「しかしその絶望も、欲しいものを手に入れなければ味わえない。思いませんか、喜びも絶望も共に手中に収めたいと」

突きつけられた言葉の強さに怯んでしまう。気づけば私は正面からアルフレッドと対峙していた。

深い意図はないのだ。

本当に？

私の欲するものが何か分からないはずだ。

本当に？

普段は雑踏に紛れるぐらい優男な外見をしているくせに、今はそれが彼が正体を隠していたからこその印象であったと如実に語っていた。

爛々と目を輝かせ、獲物を前にした飢えた獣のような鋭さ。彼がその本来の姿を隠さず晒しているならば、私如きが逃げることは許されなかった。

「望んでもいない称号を背負わされ、逃げることもしない。なんて生真面目な生き方だ。ならば、せめて一つ。求めるままに欲しても、許されるとは思いませんか」

交わる視線が熱い。熱くて逃げ出したいのに、捕らえる目はそれすら許さない。見えない炎で私の心を焦がそうとしているのではないか。躊躇なく感情を叩きつけてくる。

私に対して行動を促すような言葉を使っているのに、同意を示した途端、この目の前の男が私を飲み込んでしまうような気がした。

悠長に構えていた自分の愚かさを思い知らされる。四六時中共に過ごしてきた。その間、ずっと観察されてきた。

アルフレドは。この男は。全てを知っている。

いつからだったのだろう。この質問の意図は？　何故そんな、食らおうとするような凶暴な顔を見せる。

「弱い。弱い。そんな無防備に、俺に見せつけて。晒し続けて」

アルフレドが私に近づく。視線を逸らせないまま私は一歩下がる。残念ながら、壁が背に当たりそれ以上逃げられない。舌なめずりするような獣の笑みが私に迫る。壮絶な色気をまき散らし、顔を近づけて、頬に触れるほど近くで囁いた。

「……言えばいい。全てが壊れても、求めるままに手に入れていいのだと」

息もできない。心臓が激しく音を立てて、暴れ回っている。

一体、この人は、誰。

見たことのない瞳の熱さ。触れれば火傷すると知っているのに、手を伸ばしてしまいたくなる。

「食らいたくて仕方ない。近くにあるのに、遠い。そんな思いを抱えているんでは?」

まるでアルフレド自身がそんな感情を持て余しているかのように、決めつけるように言う。

可哀想に、とでも言うような優しい手つきで私の髪をそっと撫でた。

「無理もない。あの極上の男を、こんな傍で見続けてしまった。誘惑されるのも当然だ」

仕方ないことなのだ。私が揺らぐのは、揺らがせる相手が悪い。いっそ手にしてしまえ。

その手段は既に手にしている。

アルフレドの言葉と重なって、私の中から黒い言葉が湧き上がってきていた。

どうして私をリカルドにけしかけながらそんな目を向けるのか、唐突に理解した。

同じものがあるだろうと。私が蓋を閉めて塞ごうとしている感情は、これほどのものであると見せつけている。

必死で目を逸らそうとしているものの激しさを、私は眼前に突きつけられた。

悪魔のように甘く、アルフレドは私を暴こうとする。

「……だって、なぁ。あなたは」

「言うな！」

私は、既のところで破滅の言葉を回避した。口に出してしまえば、彼はもはやここにいることはできない言葉だった。

アルフレドが私をそのような目で見ていると認めてしまえば、庇うことはできない。どんなに優秀であったとしても。だから私は彼を叱咤するほかなかった。

「侮るなよアルフレド。誰に向かって口をきいている！　私はリカルドの主君。確かに未熟だろう。不完全だろう。だが向けられたまっさらな忠義に応えようとする私の在り方を、否定することは許さない！」

詰め寄られて仰け反っていた背中をまっすぐに伸ばし、私はアルフレドを睨みつけた。

負けるものかと両の足に力を込めて立てば、アルフレドの目は焼き尽くそうとする炎から宿す色を変えた。

「……弱いのに強い。不思議な方だ。両方を兼ね備えて」

向けられた恍惚(こうこつ)とした目は、自分に向けられているのが信じられない濃密な甘さだった。

それを瞬きのうちに霧散させる。アルフレドは先ほどまで見せていた凶暴な自分を収め、いつもの親しみを感じさせる顔に戻って優しく笑った。

「言いませんよ。そうして戦っている者の足を引っ張ることなど、するはずがない」

拍子抜けする変わり身の早さだった。夢でも見たのかと思うほど、今のアルフレドに獣の面影は見えない。

いつもの穏やかな表情を浮かべる様子に、私は彼の行動の意味を考える余裕を得た。

それはつまりアルフレドが抱えるあの熱を、再び秘めてやろうと言ったも同然である。

アルフレドは気づいているそれを、言わないと宣言した。

その理性は間違いなく私のためだ。

「強く立っていて下さい。そうしている限り、私はあなたに忠実であり続けます」

私はあることに気づき、鏡にかけた布を外し自分の姿を確認する。そこには隙を見せまいとする、戦いに赴く時の自分の表情があった。

鈍い私は先ほどまでのやりとりが彼なりの強烈な激励だったことにようやく気づいた。

私が揺らいだから、彼はあそこまで私を追いつめなければならなかったのだ。

私が、そうさせたのだった。アルフレドに対しなんて罪深いことをしたのかと、その重さに慄(おのの)く。そして償うこともできない。

軽々しく頭を下げることもできず、私は穏やかなアルフレドに静かに頷(うなず)くしかなかった。

もしも誘惑に負けて、欲望を口にしていたらどうなっただろうか。

その時は荒々しい獣に、原型もないほどに壊されていた気がした。

本書は単行本『払暁　男装魔術師と金の騎士』
を加筆修正し文庫化したものです。

富士見Ｌ文庫

払暁（ふつぎょう）
上、男装魔術師と金の騎士（じょう、だんそうまじゅつしときんのきし）

戌島百花（いぬじまももか）

2022年３月15日　初版発行

発行者　青柳昌行
発　行　株式会社 KADOKAWA
〒102-8177　東京都千代田区富士見2-13-3
電話　0570-002-301（ナビダイヤル）

印刷所　株式会社暁印刷
製本所　本間製本株式会社
装丁者　西村弘美

定価はカバーに表示してあります。

●お問い合わせ
https://www.kadokawa.co.jp/（「お問い合わせ」へお進みください）
※内容によっては、お答えできない場合があります。
※サポートは日本国内のみとさせていただきます。
※Japanese text only

ISBN 978-4-04-074467-4 C0193

後宮茶妃伝
寵妃は愛より茶が欲しい

著／**唐澤和希**　イラスト／漣 ミサ

お茶好きな采夏が勘違いから妃候補として入内！
お茶への愛は後宮を救う？

茶道楽と呼ばれるほどお茶に目がない采夏は、献上茶の会場と勘違いしうっかり入内。宦官に扮した皇帝に出会う。お茶を美味しく飲む才能をもつ皇帝とともに、後宮を牛耳る輩に復讐すべく後宮の闇へ斬り込むことに!?

富士見L文庫

後宮妃の管理人

著／しきみ 彰　イラスト／Izumi

後宮を守る相棒は、美しき（女装）夫――？
商家の娘、後宮の闇に挑む！

勅旨により急遽結婚と後宮仕えが決定した大手商家の娘・優蘭。お相手は年下の右丞相で美丈夫とくれば、嫁き遅れとしては申し訳なさしかない。しかし後宮で待ち受けていた美女が一言――「あなたの夫です」って!?

【シリーズ既刊】1～5巻

富士見L文庫

せつなの嫁入り

著／黒崎 蒼　イラスト／AkiZero

座敷牢で育つ少女は、決して幸せに結ばれることのない「秘密」があった——

華族の父親に嫌われ、座敷牢で育った少女・せつな。京の都に住むあやかし警邏隊・藤十郎のもとへ嫁ぎ、徐々に二人は好き合うようになる。だがせつなには決して結ばれることのない、生まれもった運命があった。

【シリーズ既刊】1〜2巻

富士見L文庫